杭州之恋

HANGZHOU ZHI LIAN

周昆◎著

杭州出版社

图书在版编目（CIP）数据

杭州之恋 / 周昆著 . -- 杭州 ： 杭州出版社，
2024.6
ISBN 978-7-5565-2443-3

Ⅰ . ①杭… Ⅱ . ①周… Ⅲ . ①长篇小说－中国－当代
Ⅳ . ① I247.5

中国国家版本馆 CIP 数据核字（2024）第 077858 号

HANGZHOU ZHI LIAN

杭州之恋

周昆 / 著

责任编辑 夏斯斯
责任校对 陈铭杰
美术编辑 倪 欣
责任印务 姚 霖
出版发行 杭州出版社（杭州市西湖文化广场 32 号 6 楼）
电话：0571-87997719 邮政编码：310014
网址：www.hzcbs.com
印 刷 杭州宏雅印刷有限公司
开 本 889 mm × 1194 mm 1/32
印 张 6
字 数 104 千
版 印 次 2024 年 6 月第 1 版 2024 年 6 月第 1 次印刷
书 号 ISBN 978-7-5565-2443-3
定 价 48.00 元

目录

一　七月 高考

电视机厂的家属宿舍在马塍路上，这年厂里在宿舍的前面种了一排樟树。这一排树，就数罗凯家门口的那棵樟树长得茂盛。

1980 年 7 月 7 日，是高考的日子，罗凯早早醒了，一骨碌爬起来，洗漱后，就开始准备文具。这时，妈妈把煮好的糖煮蛋端到他面前，说："吃吧，吃了今天考得好点，把水平都发挥出来。"罗凯接过碗，碗里有三个蛋白包蛋黄的蛋，说："谢谢妈妈！"他吃了蛋后，准备去学校。

这时，邻居同学程锋进来了。他拿来一个崭新的软塑料皮的文具盒，对罗凯说："这个文具盒送给你，祝你高考顺利。我成绩差，就不参加今年高考了。"罗妈妈说："谢谢程锋啊，这么有心。"

罗凯把钢笔、铅笔、橡皮擦等放进文具盒，把文具盒、草稿纸放进书包里，就去学校了。妈妈和程锋目送他去学校。罗凯走了一段路，回过头和他们俩人摆摆手，就一直向学校走去。

罗凯一走进杭州学军中学，就看到大楼上挂的一排字：一颗红心，两种准备。他进入学校主楼，上了楼梯，走入考场，找到自己的座位坐下。脸上带着稚气的考生一会儿就把座位坐满了。监考老师在考试开始前一两分钟，把试卷发到每个人桌上。

八点到了，老师宣布考试开始。罗凯打开语文试卷，他先从头到尾翻了一下，心中有了数。他开始一道道地做题。拼音、填写成语、造句，比较顺利地完成了。阅读理解，这是他的强项。因为他看的课外书比较多，他用强大的概括能力，很快也完成了。作文题，是一道议论文题。他看了看题目，然后按照他的理解开始写作，他论述，并且以自己练字的经历作为例子来证明。终于写完了。有的考生已经交卷了。罗凯回过头来检查自己的试卷，还是查出几个错误，他改过来。十一点了。监考老师说，时间到，大家交卷。罗凯起来交了卷，跟同学简单交流了几句，就往家里走。

罗凯回到了家。母亲为他高考请了假，早烧好了饭菜等他。罗凯一边吃着饭，一边和妈妈说着作文的事，妈妈含笑地说他写得好。

下午，是数学考试。罗凯打开试卷，一气做下来。有一道几何题怎么都证明不了。于是跳过，做下面的题目。后面的题目还是比较顺利地做完了。再回过头来，他发现用综合法怎么都证明不了。于是,他用反证法来证明,终于证明了。他刚做完，交卷的时间也到了。于是，他交了卷。出了考场，好多同学说题目很难，罗凯也说:“是有点难。”

这天晚上，罗凯躺在床上，翻来覆去地睡不着。他一道一道地回忆着做过的数学题，好像有几题是做错了。他又回想语文题，一题一题地回忆，很怕作文写偏了题。反复回忆，直到天快亮才睡着。第二天是物理、化学考试，第三天是政治、英语考试。后面的考试，罗凯越考越顺，发挥也越来越正常，甚至是超水平发挥。全部课程考完后，他感觉非常轻松，觉得胜券在握，好像自己已经是一个大学生了。

一次，班上几个同学在讨论今年的分数线会是多少。吴凡说:“不知今年我们年级会有多少人考上大学。”罗凯说:“肯定会有不少人考上大学。”邹辉说:“好像你已经考上了一样。”程锋说:“要是罗凯考不上，我的姓倒着写。有一次，我跟他到一个同学家，同学爸爸听到他的名字，马上就说：你就是那个班上最聪明的啊！”罗凯微微笑了一下。大家都觉察得出来，罗凯心里很有把握。

二　宝石山上谈理想

罗凯、吴凡、程锋、邹辉四个刚刚高中毕业的大男孩沿着宝石一弄上宝石山。路两旁，一边是长满蕨类和苎麻的旧墙，一边是青翠的树木和杂草，大树有枫杨、朴树和香樟。

他们来到一块大石头前。

罗凯说："你们知道这块石头叫什么吗？"

身材被杭州人称作"条儿"的吴凡说："我知道，它叫秦皇缆船石。两千多年前，西湖还是一个浅海湾，我们站的这里是海岬。相传秦始皇巡游到杭州，就把船系在这块大石头上。南宋时，一个叫思净的和尚把它凿成一尊半身佛像，所以它又叫大佛石。"

大块头程锋说："你懂得还真多。"

吴凡说："杭州人嘛，自己家乡的风景名胜和传说总要懂一点。"

他们继续往宝石山上爬。罗凯大步流星地走在前面，吴凡、程锋、邹辉三个紧紧跟上。秀丽的保俶塔矗立在山顶上。

程锋说：“保俶塔长得真像个美女。什么时候建的？”

吴凡说：“保俶塔最早建于北宋初年。当时，宋太祖赵匡胤扫平天下，就要打到杭州。为了让杭州城免于战火，吴越国王钱俶进京，纳土归宋。过了很久，钱俶还没回来。传说为了保佑钱俶平安归来，杭城的老百姓就建了保俶塔。保俶保俶，就是保护钱俶的意思。后来这个塔屡建屡毁，明朝重修了一次，现在这个是 1933 年民国时期修的。”

长着国字脸的邹辉说：“吴凡可以当导游了。”

吴凡说：“差得远，差得远！”

他们顺路走到来凤亭边，亭下的大石头上镌刻着一组文字：

在天有荣耀归帝

在地有和平喜悦归人

罗凯念道：“在天有荣耀归帝，在地有和平喜悦归人。帝和人，你们要哪一样？”

程锋说：“我要当帝，高高在上，荣华富贵。”

吴凡说：“我只想做个普通人，找个漂亮老婆，玩遍杭州山水，平平淡淡过一生。”

罗凯说：“我也想做人。不过，我想做一个拼搏的人，男子汉总要干一番事业。”

邹辉说：“你们都有野心，我没想法，随大流吧！”

钻过川正洞，经蹬开岭，过石峰，他们走到蛤蟆峰顶。他们一个个爬上那块突兀的大石头——凤翔石。罗凯躺着，其他几个坐着。天湛蓝湛蓝，片片白云在头顶上飘，旁边长着一棵苦楝树，树已挂果。

罗凯躺着说：“高中毕业了，我们几个从小在一起长大的可能也要分开了。说说你们的打算吧。”

吴凡说：“我考进了我妈的单位电信局，这个工作我还是蛮喜欢的。我想好好做，干它一辈子。”

邹辉说：“我爸妈没关系，我只好当兵去，以后可以找一个正式工作，不至于当临时工。”

程锋说：“我不当兵，也不做工，我准备跟我乡下的姨父养蜜蜂去，我要当万元户。”

罗凯说：“我要到钱江大学上大学去了。大学就在我们家旁边，你们有空要来玩啊！”

程锋说：“我们班班长杨丹也考上了大学。我准备当了万元户再去追杨丹。你们想追哪个女生？”

吴凡说：“我最近坐公共汽车，几乎天天看到一个长得像《少林寺》里白无瑕的女孩，我想追，也不敢和她搭讪。”

程锋说：“你就站到她身边，刹车的时候乘机伏在她身上。”

吴凡说：“这不是耍流氓吗？这个事我不会做的。”

邹辉说：“我们班几个漂亮的我都想，想得到吗？所以，还是不想。”

程锋说：“罗凯想哪个？”

罗凯说：“我……我……说不出。”

吴凡说：“我知道，你想班主任陆雪老师。”

罗凯脸红了。一个三十多岁、中等个子、面容光洁的女老师浮现在罗凯眼前。陆雪老师经常夸奖罗凯，说罗凯知识面广、聪明，越大潜力越会发挥出来。

罗凯说：“陆雪老师确实经常夸奖我，那是老师对学生的爱护，你不要想歪。我很尊敬、喜爱陆老师，但绝不敢往这方面想。不过，以后如果我遇到一个长得跟陆老师差不多的女孩子，说不定会喜欢的。”

从蛤蟆峰上下来，他们又走到了初阳台上。

吴凡说：“以前，在这里看日出是最好的地方。黎明，站在这里可以看到太阳从钱塘江那边跃出来，一点一点地升上九曜山。”

邹辉说："现在，前面大树长得那么高，视线就不是那么好了。"

程锋说："索性把树砍掉去。"

罗凯说："你想犯法呀？破坏森林是要犯法的。这些树是花了多少年才长到这么大的。"

下山后，他们顺道参观了岳庙。走入忠烈祠，岳飞英气威武的坐姿塑像位于正中，大殿三面墙壁上有介绍岳飞事迹的壁画。他们正在看岳母刺字的壁画。程锋说："我要做岳飞。"

吴凡说："你做金兀朮差不多。"

程锋捅了吴凡一下。

罗凯说："程锋不是我说你，你还真做不了。岳飞不但武艺高强，还写得一手好诗词。你们看他的《满江红》，写得多么荡气回肠；他《池州翠微亭》中的名句'好水好山看不足，马蹄催趁月明归'，就是很多诗人也不一定写得出。"

吴凡说："岳飞是文武全才，你程锋怎么当得了呢！我还记得你小学里的造句'因为老师不喜欢我，所以给我吃鸭蛋'。"

程锋打吴凡，吴凡跳开了。

转到岳飞墓边，程锋对着秦桧的跪像，拼命地吐痰："呸！呸！呸！"惹得旁边的人都笑了。

出岳庙，他们走到平湖秋月边坐自划船。他们四个上了船，挥动木桨，用力划水。小船在西湖湖面上行进。他们边划边欢乐地唱起了张枚同作词、谷建芬作曲的《年轻的朋友来相会》：

年轻的朋友们，今天来相会，
荡起小船儿，暖风轻轻吹。
花儿香，鸟儿鸣，春光惹人醉，
欢歌笑语绕着彩云飞。
啊，亲爱的朋友们，
美妙的春光属于谁？
属于我，属于你，
属于我们八十年代的新一辈。

再过二十年，我们重相会，
伟大的祖国，该有多么美！
天也新，地也新，春光更明媚，
城市乡村处处增光辉。
啊，亲爱的朋友们，
创造这奇迹要靠谁？
要靠我，要靠你，
要靠我们八十年代的新一辈。

但愿到那时，我们再相会，
举杯赞英雄，光荣属于谁？
为祖国，为四化，流过多少汗
回首往事心中可有愧。
啊，亲爱的朋友们，
愿我们自豪地举起杯，
挺胸膛，笑扬眉，
光荣属于八十年代的新一辈。

三　乘车

早晨，吴凡站在官巷口车站等车，他的旁边站满了等车的人。

吴凡焦急地看着公交车驶来的方向，他非常希望看到那熟悉的身影。一辆公交车在他面前停了下来。吴凡眼尖，在下面就看到了车窗里穿白衬衫的大眼睛姑娘。他心头一热，赶紧随人流上了汽车。汽车塞得满满的。车开了，吴凡一点一点朝前挤。挤到姑娘身边的时候，他停下来，伸手抓住扶杆。

汽车到了湖滨后，就沿着西湖边开。道路两旁的法国梧桐撑开了满树巴掌般的绿叶，在清晨的阳光下随风摇动。湖边有人在练太极拳，有人在舞剑，有人在学外语。

好像前面有人横过马路，车子一个突然刹车，后面很多身体都向吴凡的后背压来，吴凡用力地挺着，尽量不让他们压到前面的姑娘。姑娘回看一眼，看到吴凡用力地支撑着，感激地朝他莞尔一笑。吴凡羞涩地朝她笑笑。每次汽车到站或有意外，汽车就刹一下，而吴凡总是用力地挺着，姑娘也总是报以姣美的一笑。吴凡觉得为了这么美丽的笑容，他就是死也值得。

汽车在植物园停下，吴凡快快地下了车，心头似乎不爽。他回头看那辆载着他心上人的汽车渐渐远去，才向东山弄那边走去。他上班的杭州电信公司西湖分局就在那里。他把手伸进裤兜，咦，有一张纸条？他有点疑惑，拿出来打开一看，上面有端正的两行字：

我在灵隐寺上班。

黄莺

他的心高兴得要跳出来。他又看了一遍，然后，折好，放回口袋，跳了几跳。他唱着歌，跳着向单位走去。歌声从他嘴里飞出：

幸福的花儿心中开放
爱情的歌儿随风飘荡
我们的心儿飞向远方
憧憬那美好的革命理想
……

四　飞来峰

吴凡站在“咫尺西天”的右方，看从侧面伸出的翠竹。

黄莺轻捷地走过来，俏皮地说：“喂，我来了！”

吴凡赶紧转身，说：“太好了！太好了！”

黄莺说：“你说今天到哪里玩？”

吴凡说：“还是先到你们灵隐玩一下吧！”

黄莺说：“好！我来给你当导游，我们领导要求我们单位里的人都学一点导游知识。”

进了灵隐入口处，走不多远，他们就到了理公塔。

黄莺说：“理公塔是为了纪念灵隐开山祖师慧理造的。塔最早建于宋代，现在这个塔是明代万历年间重修的。”

吴凡很认真地说：“明白！明白！”

黄莺说：“我们先到飞来峰玩一下。”

他们沿山边往前走。黄莺说：“你知道为什么叫飞来峰吗？”

吴凡有意说:“不知道。”

黄莺说:“相传东晋的时候，天竺僧人慧理来到杭州。他一看到这山就说:‘天竺灵鹫山一小峰，不知何年飞来？’所以，就叫‘飞来峰’。”

吴凡说:“我还知道一个济公的传说哩。有一天，济公算到有一座小山峰很快要飞到灵隐村上，他就去劝村民赶快搬走，村民以为他又在说疯话，理都不理他，他又气又急。这时，正好有一对新人在办喜事。他灵机一动，抢了新娘就跑，全村人都跟着追了出来。跑了一段，就听得‘轰’的一声巨响，一座山完完整整地压在了灵隐村上。村民才知道济公的真心，都跑来感谢他。”

黄莺说:“懂得蛮多嘛！”

吴凡说:“哪里哪里，我都是从书上看来的。我小时候就喜欢看《西湖民间传说》。”

他们来到青林洞，走了进去。吴凡摸着济公床说:“晚上睡到这里还是蛮舒服的哦！”

黄莺翻了吴凡一个白眼，说:“你晚上来睡吧！”

吴凡吐了一下舌头。

出青林洞，沿山边走，路边长着很多麻栎、杜英和常绿油麻藤，油麻藤正开着紫黑色的花。

他们走到玉乳洞，看了洞口东端的禅宗六祖像，分别是一祖达摩、二祖慧可、三祖僧璨、四祖道信、五祖弘忍、六祖慧能。

吴凡说：“六祖慧能有一个故事，你知道不？”

黄莺摇摇头说：“不知道。”

吴凡说：“慧能是广东人，他到湖北黄梅县拜五祖弘忍为师，五祖让他先当火头僧。五祖想找人接班，就叫大家都写一首诗，看看哪个最有才就让哪个接班。上座神秀写了一首诗：‘身是菩提树，心如明镜台。时时勤拂拭，莫使有尘埃。’慧能听了，就也写了一首：‘菩提本无树，明镜亦非台。本来无一物，何处惹尘埃！’五祖便将衣钵传给了慧能。”

“你懂得真多！吃个橄榄。”黄莺说着递给吴凡一个橄榄，也就是从讲这个故事中，黄莺对他加深了好感。她想：我和他都是高中生，他懂得这么多，肯定有过人之处，和他在一起，起码可以多学一点知识。

她随口学着谢莉斯的样子唱了几句：

外婆给我一枚小小橄榄
啊又涩又酸又涩又酸
我随手就把它抛掉
扔得很远很远

“这个就是西天取经的唐僧。”在龙泓洞口，吴凡指着石刻浮雕说。走入里面，他俩抬望洞顶，有金色的阳光从小洞口照射进来。

沿着溪边石阶路往上走，他们看到了山边的大肚弥勒佛像，弥勒四周，聚拥着姿态各异的十八罗汉。

黄莺说：“这个大肚弥勒是根据布袋和尚的形象雕塑的。据说布袋和尚是弥勒的化身。”

吴凡说：“弥勒佛的肚量最大：大肚能容，容天下难容之事；开口便笑，笑世间可笑之人。”

他们走到灵隐寺正门，寺的大匾额写着“云林禅寺”。

黄莺指着那几个字说：“这个故事你知不知道？”

吴凡说：“我试一试。有一次，康熙皇帝来灵隐寺玩，玩得高兴。方丈看皇帝高兴，乘机让他给寺庙题匾。康熙本来是要写‘靈’（灵）字的，但因为兴奋过了头，一落笔‘雨’字写得太大，要再在下面写三个‘口’和‘巫’已经写不下，又不好意思重写，急得直流汗。这时，旁边一个大学士在手心上写了‘雲（云）林’两个字给皇帝看了看。康熙马上写了‘雲（云）林禅寺’。方丈和旁边的大臣连忙拍马屁说：‘皇上圣明，皇上圣明，寺四周有云又有林，云林禅寺之名真是太贴切了！’”

黄莺说：“很会讲啊！我干脆叫你‘杭州通’算了。”

吴凡说："我是鲁班面前耍大斧，孔夫子面前卖文章，旁边有一个大导游呢！"

进了灵隐寺，看了天王殿，他们走进了大雄宝殿。巨大、慈祥的释迦牟尼端坐在那里，俯视着芸芸众生。吴凡虔诚地在佛前跪拜了一下。

他对黄莺说："你也拜一拜！"

黄莺双手合十，虔诚地拜了三拜。

在出口的流通处，吴凡买了两个木鱼。

出寺后，他俩就边走边敲。"笃笃笃……"清脆的木鱼声伴着两张青春笑脸一路回家。

五　南屏晚钟

吴凡和黄莺沿南山路朝净慈寺走去。吴凡边走边唱：

我匆匆地走入森林中
森林它一丛丛
我找不到他的行踪
只看到那树摇风
我匆匆地走入森林中
森林它一丛丛
我看不到他的行踪
只听得那南屏钟
南屏晚钟随风飘送
它好像是敲呀敲在我心坎中
南屏晚钟随风飘送

它好像是催呀催醒我相思梦

它催醒了我的相思梦

相思有什么用

我走出了丛丛森林

又看到了夕阳红

唱完，吴凡得意地对黄莺说："我像不像梁波罗？"（当时电视里经常放陈蝶衣作词、王福龄作曲、梁波罗唱的《南屏晚钟》，梁波罗唱的是"思乡"。）

黄莺说："你不像梁波罗，我看你像济公。"

她接着嬉笑地唱了两句：

鞋儿破，帽儿破，身上的袈裟破——

"唉！"吴凡假装叹了一口气。

走进寺庙，他们来到大雄宝殿，看了巨大的释迦牟尼像，还有两边的十八罗汉像。

到净慈寺，一定要来看济公。他们俩朝右走，来到了济公殿。

黄莺小声说："你看你们两个像不像？"

吴凡没有响。待走出大殿的时候，吴凡拍了黄莺肩膀一下。

黄莺正声道："不要动手动脚啊！男女授受不亲！"

吴凡连忙说；"对不起！对不起！"

黄莺偷笑。

他们来到运木古井边。水井里面插着一根木头。

吴凡说："你知道这根木头的来历吧？"

黄莺说："知道一点，但又说不全。你说来听听。"

吴凡说："我在导游面前献丑了。传说，净慈寺被火烧了以后，寺里两三百个和尚一天到晚唉声叹气，只有济公还是嘻嘻哈哈的。

"老方丈就对济公说：'济颠，寺庙都烧掉了，你一点也不难过？'

"济公说：'烧都烧光了,难过有啥用场？再盖座新的好了。'

"老方丈说：'说说容易做做难。盖寺庙要多少木头啊！到哪里一下找得到这么多木头？'

"济公说：'师父,你不用愁。过三天,我就把木头给你化来。'

"济公说完，就一个跟头，翻到四川峨眉山。他在那里从一位大财主家募了一百根木头。他把木头顺着长江水放到东海，再漂流进钱塘江，就回来了。

"再说净慈寺里的和尚等啊等，等到第三天下午，不少人都有点失去信心了。这时，济公突然从外面跑进来，说：'师父，

木头到啦！木头到啦！’

“济公拉着老方丈，来到伙房前面那口井的旁边，后面还跟来一些其他和尚。

“老方丈朝井内一看，嗨！果然有根又粗又大的木头在水面上一冒一冒的。

“老方丈赶紧叫和尚在井上搭架子，安上辘轳吊木头。

“所有的和尚都来了，他们吊木头的吊木头，搬木头的搬木头，整整吊了两天，在吊到第九十九根木头时，不知是哪一个木匠说了声：‘够啦！’井里的那根木头就卡住不动了。”

黄莺说：“说得真好，下次我跟我们领导讲，请你去当导游。”

吴凡说：“好哇！不过，我还是喜欢电信这一行，这是要靠过硬技术的，我已经买了几本无线电通信技术书看。不过，我不是说导游不好哦，三百六十行，行行出状元。”

黄莺说：“哦，你们电信最好，好了吧！”

吴凡说：“你有没有发现，很多传说都有现实的基础。比方说，这个运木古井的传说，原来吴越国的时候，为了防海潮冲垮江堤，钱镠叫人在江边绑了很多大木头用来减少潮水的冲力。钱塘江和西湖相连，这口井又在西湖边，从井里拉出木头，是有可能的。还有，西湖又叫金牛湖，传说以前人们在湖里看到过金牛。以前，西湖跟海相通，有江豚啦，海豹啦，海牛啦，跑到西湖里都是有可能的，人们就把看到的江豚之类的动物叫金牛，而且越传越神。再有月桂的传说。杭州到处都是桂花，在夜阑人静、月圆风清的时候，看到山中桂树的桂花从树上飘落下来，是会联想到桂花是从月亮中落下来的。”

黄莺说：“哇！看不出，你还可以从民间传说中找出科学依据。确实有两下子！”

他们来到钟楼。

吴凡说：“这是真正的南屏晚钟！你来敲几下。”

黄莺娇弱，有点吃力地拉开钟绳，然后向前推去：

“当——当——当——”

洪亮辽远的声音在空旷静寂的寺庙传响，一直飘向前面的南屏山，然后渐渐消失。

走出净慈寺，他们在对面放生池边看鱼。偌大的放生池里游着很多乌龟和鱼。鱼有鲤鱼和包头鱼。乌龟有的在游泳，有的在中间的石岛上懒懒地晒太阳。

六　大学，人生意义大讨论

9月8日，是新生报到的日子。这天，吃过早饭，爸爸带着罗凯走进钱江大学的大门。他们往前看，学校的大路旁间隔不远就有一面迎风招展的红旗。红旗上写有各个系的字样，旗下站着迎新的师生。罗凯和爸爸来到物理系的旗帜下，一个三十多岁的女老师对他爸爸说："同学，你是来报到的吧？"

爸爸说："我带儿子来报到，这是我儿子。"爸爸拍了下儿子的肩膀。

女老师问："你叫什么名字啊？"

罗凯说："我叫罗凯。"

女老师说："我是你们这个班的班主任，我叫杭英。我看过你的档案，你成绩很好，所以指定你为班上的学习委员。你的宿舍在十幢，我带你去。"

罗凯和爸爸跟着杭老师来到十幢三楼，宿舍在三〇一。

杭老师转回去接其他的同学。宿舍里已经有很多同学进来过了，下层的床铺都被同学放了铺盖，罗凯和爸爸选了一个靠窗的上铺。

罗凯和爸爸在食堂边的总务处买了十元钱饭菜票，然后到食堂吃饭。两个人都是四两饭加荸荠里脊，肉好多好嫩啊！

回到宿舍，爸爸和罗凯一起把床铺好，把蚊帐支起来。罗凯送爸爸出了校门。

9 月 28 日晚，是国庆暨迎新晚会。开场是民乐《喜洋洋》。哲学系的大高个儿和一位小个子表演相声《歌唱家的音调》，说了一段有关李光羲、李双江和李谷一唱歌特点的相声。他们班李曼表演了一套英姿飒爽、亮丽流畅的剑术。晚会上好听的歌太多了，有《浪花里飞出欢乐的歌》《太阳岛上》《泉水叮咚》《军港之夜》《校园的小路》，还有台湾校园歌曲《橄榄树》《走在乡间的小路上》。78 级物理系的一个学姐是女中音，唱得停不下来，一次又一次返场。

罗凯和他的同学们听得如痴如醉。同学们回到寝室后，大家边泡麦乳精吃，边对节目议论纷纷。上床后，他们还在讨论，直到熄了灯，声音才渐渐消失。

国庆节后，这天早晨，罗凯醒了，他从枕头下拿出手表，一看六点了，赶紧穿好衣服从上铺下了床。洗漱后，他踏上了校园操场的跑道。学校的广播里每周一歌正播放着王洁实的歌《莫让年华付水流》：

啊！年轻的朋友
青春的脚步似行云水流
生活的道路靠我们探求、探求
莫叹息、莫停留
莫叹息、莫停留
拨动那爱情的琴弦
扬起那希望的风帆
趁风华正茂
莫让年华付水流
付水流、付水流
莫让年华付水流
啊！年轻的朋友
青春的心愿在太空遨游
青春的旋律为你响在心头、心头
要思考、要奋斗
要思考、要奋斗
攀登那巍峨的山峰

穿过那茫茫的丛林

迎阳光灿烂

莫让年华付水流

付水流、付水流

莫让年华付水流

莫叹息、莫停留！

要思考、要奋斗！

旋律优美，婉转而悠扬；歌词敲击心扉，振奋精神。罗凯听着歌，慢慢跑着，发现穿着红运动衣、身材矫健的李曼在前面。他快跑几步，追了上去。

他对李曼说：“你好！”

李曼说：“你好！”

他们一边慢跑，一边说着话。

李曼说：“下午开班会，主题是人生意义大讨论，你准备一下啊！于书记可能会来旁听。”

罗凯说：“好的，我考虑一下怎么发言。”

李曼说：“我问你一个问题：你的学习怎么那么好？你好像学得很轻松。”

罗凯说：“是的，我比较喜欢总结学习的规律。物理主要是记住公式，然后用综合法去推导。一些靠背诵记忆的课程，主要是思考它的内在关系，抓线索，抓关键词。”

李曼说：“你说得很有道理，一下子把我点醒了。真是听君一席话，胜读十年书。”

罗凯说：“不敢，不敢！”

李曼说：“你跑得快！你跑你的吧！”

罗凯说：“好！”

罗凯加快了脚步，一个人往前跑。他感到浑身充满了力量。大学真好！这是一个大有作为的时代，自己一定要努力学习，学好本领，有一番作为！

下午，80 级物理系开班会，班会由团支书李曼主持。李曼中等个子，一张略小的圆脸泛着光泽。李曼说：“今天，我们班开展人生的意义讨论班会，我先给大家念一下《中国青年》杂志上的文章《人生的路呵，怎么越走越窄……》，然后大家自由发言。”

李曼把文章读了一遍，大家开始自由讨论。

来自杭州萧山的同学来福说：“潘晓说的主观为自己，客观为别人，我觉得很有道理。我们萧山的菜农，为了赚钱而种菜，这些菜又满足了萧山和杭州市民的需求。菜农赚到了钱，市民也得到自己必需的菜蔬。”

皮肤比较黑的肖怀民同学说："社会有时就是黑暗，潘晓做什么都不顺利。潘晓小的时候对人生充满了美好的憧憬和幻想，长大之后，看到社会的混乱与复杂，内心产生了迷茫。本来还有家庭这个避风港，但是她初中毕业之后，因外公去世，家中经济也出现问题，和母亲也闹翻了。之后她又生了病……病好之后，就没有再上学，在周边人的帮助下到了街道的小厂工作。进厂后，给领导提意见，被边缘化。向同事吐槽，又被同事说了出去。她想把未来寄托给爱情，又被'陈世美'抛弃。这个时候她感觉，人生丑恶又狰狞。她看书学习，却没有得到解脱。她觉得她看透了世界，然后又不知道如何自处，一方面谴责庸俗，一方面又为奖金计较。她变得圆滑、虚伪，而内心又痛苦。总而言之，她感觉人生的路越走越窄了。社会黑暗，人生的路肯定越走越窄。"肖怀民爸爸属于中央说的三种人，被撤了职，所以他对社会总是充满了怨言。

罗凯说："我觉得主观为别人，也可以客观为自己。就比如菜农种菜，你也可以主观上为市民种菜，菜卖出去了，你收到了钱，这也就是客观为自己。雷锋主观上为别人做好事，他做了好事成了模范，客观上也成就了自己。毛主席、周总理他们闹革命的时候，主观上就是为了全天下的老百姓、为了建立新中国而奋斗，最后他们自己也成了中国人民永远敬仰的领袖。

所以，主观为别人，也会客观为别人，客观为自己。”

一个同学说：“我觉得潘晓还是比较有精神追求的，她说：‘有人说，时代在前进，可我触不到它有力的臂膀；也有人说，世上有一种宽广的、伟大的事业，可我不知道它在哪里。人生的路呵，怎么越走越窄？可我一个人已经很累了呀，仿佛只要松出一口气，就意味着彻底灭亡。真的，我偷偷地去看过天主教堂的礼拜，我曾冒出过削发为尼的念头，甚至，我想到过死……心里真是乱极了，矛盾极了。’”

辅导员符群是一位年轻的转业军人，他今天请了系党总支于书记一起来听讲。符群请于书记做总结发言。

于书记是一位上过大学的转业干部，博览群书，学富五车。他站在讲台上说：“同学们畅所欲言，谈了每个人自己的想法，我觉得都说得有一定的道理。

“我主要说两个问题。一个是委屈的问题。人生的道路不会一帆风顺。在社会生活中，我们都会遇到各种各样的委屈，关键是你怎样对待。《莫让年华付水流》中的几个年轻人，个个都有委屈，但是他们不计较不纠结，而是执着于他们的目标，他们都取得了成功。潘晓的问题，我看还是自身的问题。她进工厂不是得到大家的帮助吗？她为了多拿奖金，拼命地做给领导看。只要你自己做了应该做的，问心无愧就好了。奖金多几块少几块又有什么关系？她说她灵魂无处安放去找天主教。天主教能解决现实问题吗？她应该找团组织、党组织，她写信给《中国青年》算是找对地方了。主观为自己，客观为别人，这不过是狭隘的自私自利主义。

“我讲的第二个问题，是要树立远大理想的问题。马克思在《青年在选择职业时的考虑》中说，如果一个人只为自己劳动，他也许能够成为著名的学者、伟大的哲人、卓越的诗人，然而他永远不能成为完美的、真正伟大的人物。历史把那些为共同目标工作因而自己变得高尚的人称为最伟大的人物；经验赞美那些为大多数人带来幸福的人是最幸福的人；宗教本身也教诲我们，人人敬仰的典范，就曾为人类而牺牲自己——有谁敢否定这类教诲呢？如果我们选择了最能为人类而工作的职业，那么，重担就不能把我们压倒，因为这是为大家作出的牺牲；那时我们所享受的就不是可怜的、有限的、自私的乐趣，我们的幸福将属于千百万人，我们的事业将悄然无声地存在下去，但是它会永远发挥作用，而面对我们的骨灰，高尚的人们将洒下热泪。

“所以，我们一定要有远大的理想和抱负。民胞物与，所有的人和物都是我的同胞和朋友，宋朝的思想家张载都有这样的思想，我们八十年代的大学生为什么不能有？八十年代的大学生是天之骄子啊！如果我们有远大的理想和抱负，我们就会为别人、为人民群众、为实现四个现代化而奋斗，最后自己也会有幸福的生活。我们要向科学家钱学森、茅以升、李四光学习，向雷锋同志学习，不要纠结于自己个人的得失，我们才能成为马克思说的高尚的人。无论在生活中遇到多大的委屈，都不能放弃对生活、对国家、对人民的热爱，都不能厌倦生命，都不要离开集体。《红楼梦》中贾宝玉说：弱水三千，只取一瓢饮。小说中，这个‘一瓢饮’指的是林黛玉。我希望你们对待生活，也要有只取一瓢饮的深情。无论生活对我怎样，我对生活、对社会依然一往情深。如果我们把自己的利益跟国家和人民的利益联系在一起，人生的路，不会越走越窄，只会越走越宽。

“几十年过后，我希望你们中有不少人能成为令人尊敬的干部、教授、科学家，可能还有作家。”

于书记话音刚落，全班同学一起鼓掌，掌声雷动。罗凯使劲拍着手，眼里噙着激动的泪花。

七　虎跑

吴凡和黄莺买票进入虎跑。虎跑径长松叠翠，曲径通幽。径旁的虎跑溪蜿蜒向下，泉水琮琤。

吴凡沿着溪边走，眼睛总是盯在水底。

黄莺说:“你是不是想找济公放生的断尾螺？”

吴凡说:“你真聪明！”

“哎呀，这里有一只。”吴凡说着伸手去摸，却摸上来一只很小的小蚌。

黄莺笑着说:“黄蚬儿！”

“这只是真的！”吴凡又摸上来一个螺蛳，螺蛳的尾巴真的是断的。

他们沿虎跑径朝上走。

吴凡说:“黄莺，你跟我讲讲断尾螺的故事啰。”

黄莺说:“考我呀！好,听仔细了。话说南宋的时候,有一天,虎跑寺落成了，很多有财有势的香客都到荷花池来放生，有的放鲤鱼，有的放甲鱼，有的放鳜鱼。有个老婆婆提着半篮剪了尾巴的螺蛳路过这里，看到人很多，就过来看热闹。几个恶少以为老婆婆也来放生，就欺负她，不让她放生。济公刚好从这里经过。

“济公说：‘不许欺侮人！荷花池是放生的，不是比富的。’

“济公把老婆婆的断尾螺倒进小溪里，用扇子朝荷花池这边扇了扇，说：‘落，落，落！’荷花池的水就少了。用扇子朝小溪里扇了扇，说：‘涨，涨，涨！’小溪里的水就多了。所以，你手里的这个螺蛳,就是当年济公放生螺蛳的后代。说得怎样？”

吴凡说：“好极了！”

他们刚好走到泊云桥。

黄莺指着日月池说：“这就是当年的荷花池。”

日月池中的水清澈见底，池边树木绿叶茂盛，枝条交错。

他们沿右手大路走，路边墙壁上写着几个大字：天下第三泉。

黄莺说：“为什么虎跑泉叫天下第三泉呢？”

吴凡说：“乾隆皇帝很喜欢游山玩水。他特别叫人做了一种银斗，用来测量天下泉水的比重。根据他的测算，第一泉为济南趵突泉，第二泉为镇江金山中泠泉，第三泉为杭州虎跑泉和无锡惠山的惠泉。”

黄莺说：“乾隆真会玩。”

他们走到虎跑泉边。用瓷碗盛满水，水高出碗面而不溢出。吴凡在碗表面放了五分钱，钱浮在水面不下沉。

黄莺说：“虎跑泉的张力怎么这么大哩？”

吴凡说：“虎跑泉是雨水渗到地下成为地下水，地下水沿着石英岩渗出，所以矿物质多，还常年不竭。”

他们往山边走了几步，就来到滴翠崖。崖边有一只雕塑的老虎，与真虎一样。

黄莺说：“帮我照一张！”

黄莺走到虎雕旁边，很烂漫地笑着。

“咔嚓！”吴凡把黄莺照了下来。

他俩来到梦虎雕塑旁。潭水中间，性空枕着手梦见两只虎刨地。

吴凡说：“导游，你说一下这个故事。”

黄莺说：“唐代有个性空和尚住在大慈山，因该地缺水准备迁走。有一天晚上，他做了个梦，梦见神仙告诉他：‘你不必担忧，南岳衡山有童子泉，我会派两只老虎去移来。第二天，果然看见两只老虎刨翠岩做洞，石壁上涌出泉水。’”

吴凡说：“超级标准！奖励你吃傻子瓜子。”

他抓了一把瓜子给黄莺吃。

他们到了济公塔院。院中间有济公的塑像。

吴凡说："济公给人的印象好像很滑稽的，没想到他的像很慈祥。"

黄莺说："没有仁慈之心，怎么专门替穷人打抱不平呢？"

往下走的时候，吴凡说："黄莺，唱首《送别》给我听听。"

"好！"黄莺小声清唱道：

长亭外，古道边，芳草碧连天。
晚风拂柳笛声残，夕阳山外山。
天之涯，地之角，知交半零落。
一壶[1]浊酒尽余欢，今宵别梦寒。

唱着，他们来到了李叔同纪念馆前。

黄莺打了吴凡一下，说："怪不得叫我唱这首歌，原来是拜作者来了。"

厅堂中间是李叔同全身铜像，环壁是李叔同的事迹介绍，右厢的介绍中说李叔同在圆寂前三天写下"悲欣交集"的绝笔，

---

① 丰子恺手抄本《中文名歌五十曲》作"瓢"。在之后的传唱中，"瓢"常被人传为"壶""斛"或"觚"。

并称自己是“一事无成人渐老，一钱不值何消说”的二一老人。

出纪念馆，吴凡说：“李叔同说他一生是悲欣交集，可能我们每个人的一生都是悲欣交集。”

黄莺说：“你不要故作高深！你多想想高兴的事，不就一生高兴了吗？我不跟你讲大道理。说实话，你不像济公，跟李叔同还有一点像哩！”

玩累了，他俩坐在茶室喝茶。碧绿的明前龙井茶，浮在虎跑泉水烧的开水中，芽芽竖立，上下攒动。两人嗑着傻子瓜子，喝着茶。

吴凡说：“龙井茶是中国最好的绿茶，虎跑泉是中国顶尖的泉水，虎跑泉配龙井茶，真是比郭凯敏配张瑜、三浦友和配山口百惠还要好。”

黄莺说：“乱说，人怎么跟茶比呢？不过，这茶确实好喝，又清香又甘甜。”

吴凡说：“在我眼里，你比张瑜和三口百惠还漂亮。”

“乱说。”黄莺说着，脸上却笑了，心里更是美美地笑开了花。

吴凡眼睛使劲地看着黄莺，说：“不过，你很像《少林寺》里的白无瑕，真的！”

黄莺红着脸说：“不要看我，有啥好看的？”

八　玉皇山

吴凡和黄莺从大门进入，跨过翘角凌空的林海亭，沿着蜿蜒的石阶往上走。

两边都是大树，绿荫浓郁，在许多悬铃木和樟树中，夹杂着几树红枫，显得格外艳丽。

黄莺说："两边的树好像哨兵一样守卫着道路。"

吴凡说："看到你这个美女，谁敢不保护。"

经过慈云宫，往右向上走，路有点陡峭，路边不时有成堆嶙峋的石林出现。突然，一根粗大的古藤拦住了去路。

黄莺有点气喘吁吁，就说："我们在这里坐一下吧！"

两个人坐在古藤上，吴凡说："你知道我们坐的是什么树吗？"

黄莺说："不知道。"

吴凡说："它叫油麻藤，是一种常绿藤本植物，冬天也不会落叶。”

黄莺说：“这么粗的树要长多久呀？”

吴凡看了一下旁边，右边有一个石碑，上面刻着：常绿油麻藤，树龄一百一十年。

吴凡说：“石碑上说有一百一十年。《刘三姐》里说，世上只有藤缠树，哪个见过树缠藤。我就要缠你一百年。”

黄莺瞪了吴凡一眼，娇柔地说：“十三点，敲死你。”

黄莺说：“据说玉皇山是天上的玉龙变的，凤凰山是天上的金凤变的。相传天上的玉龙和金凤在银河里找到了一块发亮的石头，决定把它琢成一颗明珠。玉龙用爪子扒，金凤用嘴啄，慢慢把它琢磨成一颗又圆又大的珠子。玉龙从天河里吸来许多清水，每天喷到珠子上。金凤从仙山含来很多露珠，每天滴到珠子上。慢慢地，这颗珠子就变得金光闪亮，光耀千里。天上的王母娘娘知道了，就派了一个天兵，乘玉龙和金凤睡着的时候偷走了明珠。玉龙和金凤找明珠找到王母娘娘这里，三个人争抢，明珠跌落人间，变成了波光粼粼的西湖。玉龙和金凤都舍不得离开自己的明珠，就变成玉皇山和凤凰山永远守护在西湖边。”

吴凡说：“这个传说好优美，好形象。不过，杭州的山其实都是天目山的余脉。晋代郭璞有诗说：‘天目山前两乳长，龙飞凤舞到钱唐[1]。’下山的时候，我们从将台山、凤凰山走，又可以看一看凤凰山。”

过了一会儿，吴凡说：“喝口水吧！喝好了，我们继续走。”

他们开步向前，逐渐走到了紫来洞。山壁上有石刻“紫气东来”。往里走，石壁上刻着“紫来洞”三字。洞前面有一张宽大的石床。

黄莺说：“你不是喜欢睡吗？这张床大，你晚上到这里睡好了。”

吴凡说：“你和我一起睡，我就睡。”

黄莺说：“呸！想得美。”

他俩向洞里走，洞顶的光照射下来，洞周围亮堂堂的，洞的正下方有一个很深的圆形水池。走到洞底的那一头，有一间宽敞的洞室。

吴凡说：“住在这里面还是很舒服的，冬暖夏凉。”

黄莺笑着说：“你就住在这里吧！不要走了。”

他们来到喜德山房的平台上，看山下八卦田。八卦田呈八角形，中间是一个绿色的圆心，圆心周围平均分成八块，上面分别种了八种庄稼。

---

① 该诗出自唐宋以后，大部分刻本作“钱塘”，或为后人托名之作。钱塘，唐以后多作“钱塘”。

吴凡说："八卦田相传是南宋时皇帝种田的地方。"[①]

黄莺说："皇帝还用亲自耕田哪？"

吴凡说："皇帝带头耕田，老百姓种地的积极性才高嘛。"

他们继续向上，走了几步，到了七星亭。亭外边像北斗七星一样放着七只大缸。

吴凡说："你知道为什么这里有七只大水缸吗？"

黄莺说："又来考我！过去，杭州城经常发生火灾，一烧就烧掉一片城区。官员就请道士消灾。道士说，玉皇山紫来洞住着一条螭龙，螭龙一出来就放火。要消除火灾，就要用七星缸镇住螭龙。所以，官员就在紫来洞洞口放了七只铁铸的缸。"

吴凡说："其实，这也是迷信。紫来洞放了七星缸，杭州城还老是失火，为什么？因为那辰光，老百姓钱少，造不起青砖瓦房，房子主要是木结构的，木头当然容易着火了。像现在，都是钢筋水泥房子，火灾就少多了。"

黄莺说："哟，你好像什么都懂嘛！"

吴凡说："我最近报考了电大，当然要多看一些书，想的可能也要多一些。"

黄莺说："有上进心。我也想报，不过，我在家还要帮妈妈

---

① 最近研究，有学者认为八卦田并非南宋籍田，而是南宋郊坛所在。

做家务，暂时还不报。”

继续上山，路边开着很多艳丽的山茶花，再往前，周围都是毛竹林。

黄莺说：“吴凡，你看，从树下往树顶上看太阳，太阳好像就在树上面一点点远的地方。”

吴凡说：“我刚才也发现了，蛮有趣的。”

说着，他们过了“玉皇飞云”亭碑，进了南天门。他们看了白玉蟾井和天一池，然后登上江湖一览亭。站在亭上朝下看，山下近处是九曜山和夕照山，再过去就是一面浮着水雾的大明镜，湖水波光粼粼，湖上墨绿色的三堤三岛与湖水恰到好处地镶嵌在一起，水中的船像大鸟一样游弋。

黄莺说：“好美！”

他们转到登云阁，这里是看钱塘江和云雾的佳地。他俩站在阁上眺望，右方对面是贵人峰，左下方是辽阔的钱塘江。钱塘江在前面打了个弯，形成三折，六和塔就矗立在江边。远处群峰隐隐约约，近处山岚缥缈，阁旁边还有几株红枫，如同仙境一般。

黄莺不禁唱了起来：

小小的一片云啊
慢慢地走过来
请你们歇歇脚啊
暂时停下来
山上的山花儿开啊
我才到山上来
原来嘛你也是上山
看那山花开
……

他俩都被眼前的景色深深陶醉。

九　孤山

吴凡今天不上班，吃过午饭就在灵隐门口等黄莺。

下午两点，黄莺下班了。他们两人沿着浓荫遮天的九里云松，一路欢快地走到了孤山。今天，他们要在这里玩一玩。

高大的秋瑾汉白玉雕像耸立在西泠桥南堍。

黄莺跳到秋瑾雕像前，说：“秋瑾好英武哦！”

吴凡说：“真正的巾帼英雄，又漂亮，又勇敢，又爱国爱民族。”

走过最西端高大宽敞的杜庄，黄莺说：“你晓得这幢房子以前是谁的吗？”

吴凡说：“我知道，是解放前上海滩流氓头子黄金荣的。”

黄莺说：“错了。”

吴凡说：“哦，是杜月笙。我本来是想说杜月笙的，一急说成了黄金荣。”

黄莺在一边笑。

走过西泠印社石牌坊，前面有一个大草坪。草坪上有人在打羽毛球，地上的录音机里放着歌曲《洁白的羽毛寄深情》。

黄莺小声哼了两句：

亚洲的健儿聚北京

洁白的羽毛寄深情……

吴凡说："我们去看看鸡毛信雕塑。"

他们走到山脚下。山坡上，立着几只惟妙惟肖的石羊。一个少年戴着帽子，系着腰带，拄着棍子，看着这群绵羊。

吴凡摸着石羊，说："你看雕得多像！"

黄莺走到牧羊少年边上，做着姿势，说："帮我照一张。"

吴凡说："可惜，今天没带相机。"

继续往前，他们来到放鹤亭的介绍牌前看说明。

黄莺说："你看，人家不仕不娶，梅妻鹤子。"

"我是要结婚的。"吴凡顿了顿，对着黄莺的耳朵说，"讨你做老婆。"

黄莺躲开，红着脸说："你不要乱说。"

他们走到空谷传声处。

黄莺说："据说，这里叫一声，对面葛岭会有回声。"

吴凡说：“我叫一声试试哦。黄莺，我喜欢你！”

黄莺打了吴凡一下，说：“十三点，人家听见了。”

吴凡说：“我就是要让人家听见，就是要让人家听见。”

黄莺脸又红了。

他们慢慢走到东边的荷花塘前。一片片田田的荷叶在湖面上打着伞，一枝枝荷花从绿叶中探出头，大大方方地展示自己的美丽。荷花下有两只小鸊鷉正在水里捉鱼。

黄莺说：“这里有两只小鸭子呢！”

吴凡说：“不是鸭子，是鸊鷉。”

黄莺说：“我知道你爸爸是生物老师，所以你认识很多动植物。我们在这里坐一下吧！”

他们在荷花岸边的草地坐了下来。吴凡想和黄莺坐得拢一些，黄莺不满意地看了他一眼，吴凡乖乖地挪开一点，和黄莺隔着十几厘米并排坐着。

黄莺说：“昨天晚上你看了电视没有？”

吴凡说：“没有，我昨天在复习，准备参加成人高考。”

黄莺说：“昨天，电视里放了苏小明唱的《军港之夜》，真好听。”

吴凡知道黄莺喜欢唱歌，就说：“你唱给我听听。”

黄莺说：“我哼哼啊！”

黄莺小声地唱道：

军港的夜啊静悄悄
海浪把战舰轻轻地摇
年轻的水兵头枕着波涛
睡梦中露出甜美的微笑
海风你轻轻地吹
海浪你轻轻地摇
远航的水兵多么辛劳
回到了祖国母亲的怀抱
让我们的水兵好好睡觉
……

黄莺没有全唱完，就停下了。

吴凡说：“真好听！”

黄莺说：“你要是听了苏小明唱，那才叫好听哩。人家人漂亮，歌也唱得好听。”

吴凡说：“再漂亮也没你好看，在我眼里你最美。”

黄莺说：“嘴巴比蜜还甜。你喜欢什么歌？”

吴凡说：“我最喜欢台湾校园歌曲，像《乡间的小路》《外婆的澎湖湾》《蜗牛与黄鹂鸟》《橄榄树》《捉泥鳅》《阿美阿美》，都很好听。我哼两句哦。”

吴凡对着黄莺，手上好像拨着吉他一样地唱着：

阿美阿美几时办嫁妆
我急得快发狂
今天今天你要老实讲
我是否有希望
虽然我是个穷光蛋
人又长得不怎么样
但是你要想一想
看看自己的长相

吴凡对黄莺做着鬼脸，黄莺娇嗔地说：“像个小流氓一样。”

吴凡回头一望，发现一个老外正拿着相机对着他们。吴凡转头对黄莺说：“后面有老外。”

黄莺回头一望。背后的意大利记者马达罗先生“咔嚓”一下拍下了这张照片。

（三十年后，这张照片在浙江西湖美术馆展览，《都市快报》刊登这张照片，并介绍了他俩的爱情故事。）

十　那一场足球赛

现在，李曼的心里总是住着一个人，早上醒来时，或是课堂上，走在路上，常常就会浮现罗凯淳朴光洁的面庞。而一想到他，心里就会像冬天的阳光照在身上一样感到温暖和欣喜，并且情不自禁地在脸上漾出微笑。是的，她好像不知不觉一点点地爱上了这个真挚单纯的男生。他爱不爱自己呢？她从他俩每次见面，他目光的羞涩和躲闪中，从她和他谈话，他的紧张和害怕中，是可以感受到对方的真情的。

今天罗凯他们寝室的人去做早操，回来却发现遭贼了，寝室里八个人的手表都被偷了。谁会是贼呢？是外面的人，还是他们寝室里的人？罗凯不是这样的人，肯定是不会做这种事的。保卫科正在调查，快快查出结果吧！

下午，辅导员符群告诉李曼，案子破了，是同寝室的肖怀民偷的，并且通知下午三点开班会。班会上，辅导员符群老师告诉大家："经过保卫处的紧张工作，案子总算破了。保卫处的同志和寝室里的每个同学都谈了话，同学们都说肖怀民做广播操没多久就不见了，快结束的时候才跑回来。于是，保卫处把肖怀民留下来审问。肖怀民经不住审问，终于承认表是他偷的。他因为赌博输了钱，所以在大家做早操的时候，偷了全寝室同学的手表。他把手表埋在工地的沙子里。现在已经都取出来了，表被偷的同学等下到保卫处去领。

"肖怀民同学平时不求上进，不关心国家大事，还沾染了赌博的坏习惯，所以犯了这么大的错误。他已经被移交给公安机关了，等待他的就是坐牢。

"我们一定要加强政治学习，爱国家爱集体。散会后，大家要好好讨论一下，怎么才能不犯相似的错误。"

晚上，寝室里的同学都在收音机里听中国足球队和沙特队的世界杯预选赛，虽然白天发生了那样想不到的事件。寝室里空了一个床位，肖怀民的铺盖已经被拿走了。同学们还是津津有味地听着宋世雄老师解说足球，心情随着中国足球队的表现，以及宋世雄老师身临其境的解说起起伏伏。

开场 8 分钟，沙特队获得前场左侧任意球机会，沙特队 4 号将球吊向中国队禁区，中国队防守球员与对方争顶头球，球未能顶远，沙特队 12 号禁区外迎球就是一脚凌空抽射。守门员李富胜反应神速，一个纵身鱼跃将球扑出底线。随即，沙特队右侧开出角球，禁区中沙特队中后卫 6 号无人盯防，一记头槌冲顶，李富胜抓住了皮球，但球已经越过了底线。中国队 0 ∶ 1 落后。

沙特后卫将球拿下后直接大脚长传，迟尚斌上抢却未能将球断下，沙特队两名球员迅速反击，20 号球员接球后从左侧快速推进，面对李富胜冷静劲射远角破门。

此时，比赛才刚刚开始 10 分钟，中国队已经两球落后。中国队主教练苏永舜立刻在场边作出指示，示意容志行回撤中场负责控球和组织进攻，让黄向东顶到前面去。这一调整也迅速见效，黄向东在上半场剩下的比赛中贡献三次射门，两脚稍稍偏出门框，一次击中立柱。

上半场临近结束前，古广明在禁区中连续扣过两名防守球员，一脚劲射，皮球被沙特队门将倒地扑出底线。

上半场中国队 0 ∶ 2 落后，中场休息时，来福说：“完了完了，下半场不用看了。”

罗凯说：“不一定，这支足球队有股不服输的精气神。足球是圆的，什么情况都会发生。”

下半场比赛，中国队继续加强对沙特队的前场逼抢。第 57 分钟，主教练苏永舜开始调兵遣将，左树声和陈金刚两名天津虎将上场，换下刘利福和沈祥福。第 60 分钟，陈熙荣右边路大力手抛球，容志行底线附近不停球直接转身将球扫入禁区中路，刚刚替补登场的左树声球到人到，一脚劲射破网，中国队将比分扳为 1 ∶ 2。进球后，左树声振臂怒吼，激情庆祝。两分钟之后，中国队前场右侧获得任意球机会，陈熙荣短传向前送出直塞，身后黄向东迅速前插，底线附近下底传中，禁区中央容志行奋力头球摆渡，无人盯防的陈金刚原地甩头，一个鱼跃头球攻门，皮球直奔远门柱上角入网。

进球后，陈金刚被兴奋的队友们扑倒在地，所有人疯狂地庆祝着。室友们一起欢呼，鼓掌。大家的心都提到嗓子眼了，真希望中国队再进一个。

第 76 分钟，陈熙荣左路抛掷界外球，左树声接球回传，陈熙荣稍作调整下底传中，禁区中无人盯防的古广明直接侧身凌空扫射破门得分，中国队将比分反超为 3 ∶ 2。室友们高兴啊，一个个都站了起来。

随后容志行在对方禁区左侧底线附近过人后传中，禁区中古广明拍马赶到推射破门，只可惜裁判判罚越位在先，进球无效。第 87 分钟，容志行左侧开出角球，后点黄向东从人群中杀出，连人带球撞入球网，比分定格在 4 ∶ 2。

比赛结束了，全寝室一起欢呼：中国队赢了！中国万岁！

这时候，走廊里到处可以听到脸盆和搪瓷碗的交响乐。

罗凯看了一下窗外，好多学生已经跑出去了。罗凯跟着跑下去了。来福跟着罗凯也跑下去了。

哲学系的大个子举着红旗走在最前面，全校自发地汇集了100多号人的队伍，浩浩荡荡地走出校门。他们先走环城北路，再到武林路，边走边高喊："振兴中华！振兴中华！"

马路边居民，也用"哦！哦！哦"声回应。他们走到了少年宫广场，大个子说："我们回去吧！"

旁边的同学说："不行，我们还没尽兴，还要继续游行。"

这时，一个女大学生站出来说："同学们，我们明天还要上课呢！我们表达了我们的心声，表达了我们的心意就行了。努力学习，做好我们的本职工作，才是最大的爱国啊！"

罗凯仔细一看，原来是李曼，马上说："同意！"

来福也跟着说："同意！"

罗凯走到李曼面前,不自然地拍了她一下,说："怎么是你？"

李曼说："我知道你单纯天真，一定会来。"

他们相视一笑。罗凯像是看到了李曼澄澈的心，也明白了彼此在心中的位置。他下意识地捏了一下李曼的手，说："谢谢你啊！"

回来的路上，罗凯感到牙齿在打战，然而脚步却非常轻快，甚至有一种想跳起来的感觉。从来没有女孩子关心过自己，自己在心里那么尊敬她，没想到她也同时那么关心自己，真高兴啊！罗凯边走边跳了几下。因为大家都在游行，没有人关注到罗凯兴奋的、甜蜜的举动。李曼和来福在聊着天。李曼说："肖怀民怎么会做出这种事呢？"来福说："他好像比我们都成熟，他一个人会跑到黄山玩。他赌博，老是向同学们借钱。不知他在外面输了多少钱。"李曼说："赌博这个习惯最不好了，好多聪明人都被赌博废掉了。"

钱江大学的队伍，沿着保俶路，欢呼着，呐喊着："振兴中华！振兴中华！"大家兴高采烈返回了学校。

这天晚上，罗凯躺在床上翻来覆去，一个晚上没睡着。宿舍的遭窃、中国足球队的反败为胜，特别是李曼的出现、李曼对自己的关心、双方心灵的对视和会心，让他激动，甚至心一阵阵地战栗。直到天快亮时，他才睡着一会儿。

十一　养蜂

杭州市富阳县的山丘上，铺满了一层层黄灿灿的油菜花。上午暖暖的太阳照在花上，微风吹动，成片成片的油菜花一起摇摆。看到这样的花海，人的心都醉了。辛勤的蜜蜂更是早就发现了这个秘密，它们在花海中飞着，亲吻着，来回忙碌着。

山坡田埂上，放着一只只木头做的蜂箱。程锋在地上整理蜂箱。程锋知道自己不是学习的料,所以,他没有参加高考，也没有像其他同学那样通过当兵来解决就业问题，虽然城市兵退伍后可以被安排就业。他有一个别人没有的优势，他的舅舅是养蜂的，养蜂可赚钱了。他舅舅是村里的万元户，村里第一个新盖了房子，家里什么都有。所以，他毕业后就跟着舅舅来养蜂。舅舅给了他几箱蜂，并且教会他养蜂的方法，还带着他和蜂箱在全国追了一年的花季，然后让他以后自己去追着花季走。

程锋心里的偶像当然是杨丹。但他觉得杨丹太遥远了，不现实。舅舅村里的这个姑娘刘香，朴实、敦厚，他挺喜欢的，他现在开始追她了。

刘香就站在程锋的旁边，她长方脸，身体高大，皮肤是健康的小麦色。刘香只读到了初中，她知道程锋舅舅家有钱、条件好，也喜欢程锋这个外向、热忱的城里人。

程锋说："表妹，5 月份跟我到延安去赶洋槐花不？"

刘香说："哪个是你表妹，叔叔的阿姨的舅舅的女儿，隔了好几层。"

"不管怎样，总是亲戚，我看到你就是亲。"程锋说，"延安有宝塔，有毛主席住过的窑洞，还有大红枣、羊肉泡馍。"

刘香说："真的？"

程锋说："还有假呀！延安附近的山上都是洋槐树。洋槐蜜跟椴树蜜是最好的。白天，我们把蜜蜂放到山上，我就带你去城里玩，吃枣子、羊肉泡馍，还有黄馍馍。那个枣子真甜哪！羊肉泡馍没得说，羊肉香啊，恨不得把骨头都吃下去。晚上，我们睡在帐篷里，探出头来看天，星星闪亮闪亮，比我们这里的星星亮多了。有时候，还听到野羊咩咩叫哩！"

"有狼不？"

"没有，即使有，我们还带了猎枪哩！"

“还有什么好处？”

“还可以赚钱呀！”

“可以赚多少钱？”

“一年跑一趟，差不多可以赚一两万。”

“有那么多好赚的啊！”

“当然啰！你看，又可以欣赏风景，又可以赚钱，世界上哪有这么好的事？”

“真的啊！那我去。”

“爽快！这才是我的好表妹！”

程锋一边说一边整理蜂箱，把最后几箱都放好了。

程锋向刘香使了个眼色，说：“我们到那边去坐一下吧！”

刘香瞪了程锋一眼，随即笑了。

程锋拉着刘香的手，走到一棵油茶树边坐下。

程锋眼睛盯着刘香，说：“刘香，你真漂亮。”

刘香说：“你不是说你以前班上的女班长很漂亮吗？”

程锋说：“漂亮什么？人家是大学生，远水解不了近渴，你比她漂亮多了。”

刘香咯咯咯地笑。

程锋抱着刘香，迅速把她按倒，嘴唇就压到刘香的嘴唇上。两个人就在草地上吻着，翻滚着……

十二　军营

解放军某部军营。邹辉所在连队正在进行山地作战训练。

“炮火延伸！”炮兵指挥官发令。

“同志们！冲！”连长一挥手。邹辉和战友们冲过开阔地，爬上了山坡。

“匍匐前进！”连长又命令。战友们借助草丛和灌木的掩护匍匐向前。邹辉跟着班长向前爬。

“前面是敌人的屯兵坑，打掉它。”班长命令邹辉。邹辉端着火箭筒瞄准目标，一炮打去，屯兵坑洞口的土塌了。邹辉又跟着班长继续冲锋，前面出现一个敌人的碉堡。邹辉端着火箭筒瞄准射击口，一炮轰过去，射击口的机枪飞了。一个战士拿着炸药包冲到碉堡前，一拔引线，人滚出去。“轰”的一声，碉堡炸掉了。

邹辉一身汗、一身泥地训练归来。走进营房，发现自己桌子上有一封信。信封口可以看出几行字迹娟秀的字，像是女性写的：

云南省 × × 县解放军 × 部
邹辉同志　收
南京大学杨寄

高中毕业，大学没考上，邹辉就去报名参军。政审和体检合格后，他就被人武部送到某前线部队当兵。三个月的新兵训练过后，他被分到了这支有光荣历史和传统的部队。来部队后，他设法买到了《孙子兵法》和克劳塞维茨的《战争论》，平日闲暇时，就看这两本书。“不想当将军的士兵，不是好士兵。”部队里很流行这句话。邹辉没有这么大的野心，但喜欢读书是真的，所以没事就看看。当然，还有一些其他的书，如姚雪垠的《李自成》、魏巍的《东方》、孟伟哉的《昨天的战争》，这些书常把他带入那个时空，感受那个时代那些人物的喜怒哀乐，也带给自己对战争战略的思考。部队里四个人一个房间，大家躺在床上会时不时地谈女人。自己当然最思念和忘不了的是那位能干的女班长杨丹。全班那么多同学，现在杨丹又在上大学，她会看上自己吗？不管不管，起码要把自己的心思告诉她，而不能烂在自己心里。于是他鼓足勇气给杨丹写了信。

邹辉的心突突跳着，终于等到她的回信了。他的眼前浮现出一个瓜子脸、杏仁眼、眉毛淡淡的姑娘。她会怎么说呢？他知道，班上的很多男孩都暗恋着她。而自己在男同学中也没有任何优势，但他还是抱着一丝侥幸给她写了信，同时也不愿意自己的感情悄无声息地湮没。他撕开信封，把折叠精巧的信纸打开，信就完全展现在他眼前了。

邹辉同学：

你好！

收到你寄自前线的信，亲切而又高兴。在中学时，你虽然不多说话，但你为人诚恳、做事踏实的形象还是在我心里留下很深的印象。

大学生虽然被称为“时代骄子”，但是毕业了还是要被分到工厂、学校和医院，只是工资比普通工人多了二十来块。现在改革开放，国门打开，美国等发达国家收入比我们高多了。人往高处走，我想出国，到外国去看看。因此，你说的事自然是不可能的。我比你大几个月，你就认我做姐姐吧，我也真心认你这个弟弟！

你们在前线，训练一定很忙吧！就写到这里。

祝

新时期最可爱的人幸福、快乐！

杨丹　1982 年 10 月

邹辉的眼眶湿润了。泪水一滴一滴地流到脸上。字里行间，可以看出杨丹对自己没有丝毫那方面的感情。杨丹是聪明的。她只是为了不伤害他，才写得比较委婉。其实，如果自己明智一点，根本就不用写这封自讨没趣的信，宁可让这份感情烂在肚子里。生活是现实的、冷酷的，她只会与你的实力、努力相对应或稍低一些，绝少会高出预期，更不可能侥幸成功或者中彩。

他从抽屉里拿出饼干来吃，嘴里吃着东西多少能够减轻一点痛苦。他按下录音机，磁带里放出陈克正作词、张乃诚作曲的《再见吧妈妈》的歌声：

再见吧妈妈　再见吧妈妈

军号已吹响　钢枪已擦亮

行装已背好　部队要出发

你不要悄悄地流泪

你不要把儿牵挂

当我从战场上凯旋归来
再来看望亲爱的妈妈
当我从战场上凯旋归来
再来看望幸福的妈妈
啊　啊
……

歌中英雄主义的激励、失恋的悲愤，使得邹辉产生了一种复合的冲动，他很想做一点举动来证明自己。忽然，他咬破手指，在纸上写了血书：

我要上战场！
　　　邹辉

十三　诗朗诵

初夏的夜晚，钱江大学的一个教室里，灯光明亮，物理系的同学在举办诗歌晚会。

来福正在台上朗诵自己写的诗《拼搏吧！朋友》：

太阳升起来了，
小树张开片片树叶迎接新的阳光，
鸟儿抖擞翅膀在天空翱翔，
拼搏吧！朋友！
拼搏吧！朋友！
中国的农业呼唤我们，
中国的工业需要我们，
中国的科技急盼我们，
中国的国防等待我们。

我们要努力学习科技、知识和文化。
贡献我们伟大的祖国和时代，
只要你努力学习一定会遇到一位美丽的姑娘，
如果有问题我敢打保票。

台下的同学欢笑一片。主持人李曼抿着嘴，走到中间，对着话筒说："下面由罗凯朗诵《我是青年》。"

罗凯走上台，沉着而深情地朗诵道：

我是青年
——作者 杨牧

人们还叫我青年……
哈……我是青年！

我年轻啊，我的上帝！
感谢你给了我一个不出钢的熔炉，
把我的青春密封、冶炼；
感谢你给了我一个冰箱，
把我的灵魂冷藏、保管；

感谢你给了我烧山的灰烬，
把我的胚芽埋在深涧；
感谢你给了我理不清的蚕丝，
让我在岁月的河边作茧。

所以我年轻——当我的诗句
出现在人们面前的时候，
竟像哈萨克牧民的羊皮口袋里
发酵的酸奶子一样新鲜！
哈，我是青年！

我年轻啊，我的胡大！
就像我无数年轻的同伴——
青春曾在沙漠里丢失，
只有叮咚的驼铃为我催眠；
青春曾在烈日下暴晒，
只留下一个难以辨清滋味的杏干。
荒芜的秃额，也许正是早被充置的土丘，
弧形的皱纹，也许是随手画出的抛物线。
所以我年轻——当我们回到

春天的时候，
你看看我，我看看你，
哈……我们都有了一代人的特点！

我以青年的身份，
参加过无数青年的会议，
老实说，我不怀疑我青年的条件。
三十六岁，减去“十”，
正好……不，团龄才超过仅仅一年！
《呐喊》的作者
那时还比我们大呢；
比起长征途中那些终身不衰老的
年轻的战士，
我们还不过是“儿童团”！
哈……我是青年！

嘲讽吗？那就嘲讽自己吧，
苦味儿的辛辣——带着咸。
祖国哟！
是您应该为您这样的儿女痛楚，

还是您的这样的儿女
应该为您感到辛酸?

我，常常望着天真的儿童，
素不相识，我也抚抚红润的小脸。
他们陌生地瞅着我，歪着头，
像一群小鸟打量着一只恐龙蛋。
他们走了，走远了，
也许正走向青春吧，
我却只有心灵的脚步微微发颤……

诗太长，罗凯咽了咽喉咙，继续朗诵道：

……不！
我得去转告我的祖国：
世上最为珍贵的东西，
莫过于青春的自主权！

我爱，我想，但不嫉妒。
我哭，我笑，但不抱怨。

我羞，我愧，但不悲叹。
我怒，我恨，但不自弃。
既然这个特殊的时代
酿成了青年特殊的概念，
我就要对着蓝天说：我是——青年！

我是青年——
我的血管永远不会被泥沙堵塞；
我是青年——
我的瞳仁永远不会拉上雾幔。
我的秃额，正是一片初春的原野，
我的皱纹，正是一条大江的开端。
我不是醉汉，我不愿在白日说梦；
我不是老妇，絮絮叨叨地叹息华年；
我不是猢狲，我不会再被敲锣者戏耍；
我不是海龟，昏昏沉睡而益寿延年。
我是鹰——云中有志！
我是马——背上有鞍！
我是骨——骨中有钙！
我是汗——汗中有盐！

祖国啊！
既然你因残缺太多，
把我们划入了青年的梯队，
我们就有青年和中年——双重的肩！

朗诵完，罗凯向大家鞠了一躬，说：“谢谢大家。”台下响起持久的掌声。

李曼走上台，说：“下面由我给大家朗诵《致橡树》。”

我如果爱你——
绝不像攀援的凌霄花，借你的高枝炫耀自己；
我如果爱你——
绝不学痴情的鸟儿，为绿荫重复单调的歌曲；
也不止像泉源，常年送来清凉的慰藉；
也不止像险峰，增加你的高度，
衬托你的威仪。甚至日光，甚至春雨。
不，这些都还不够！
我必须是你近旁的一株木棉，
作为树的形象和你站在一起。
根，紧握在地下；叶，相触在云里。

每一阵风过，我们都互相致意，但没有人听懂我们的言语。
你有你的铜枝铁干，像刀，像剑，也像戟，
我有我红硕的花朵，像沉重的叹息，又像英勇的火炬。
我们分担寒潮、风雪、霹雳；我们共享雾霭、流岚、虹霓。
仿佛永远分离，却又终身相依。
这才是伟大的爱情，坚贞就在这里。
爱——
不仅爱你伟岸的身躯，也爱你坚持的位置，足下的土地。

李曼抒情、优美的声音戛然而止，她鞠了一躬，说：“谢谢大家！”台下响起一阵骤雨般的掌声。

晚会结束后，罗凯和李曼相约到黄龙洞散步。

黄龙洞在宝石山的北麓。一条整洁的石阶路从马路一直延伸到山下，两边是高大的法国梧桐树。他们慢慢走着、聊着。

罗凯说：“你操办的这次诗歌会很受欢迎耶！”

李曼说：“我本来想搞文艺晚会，但能表演的人少，参与性差一些。诗朗诵嘛，大家都可以表演，反而更受欢迎。”

罗凯说：“我发现现在班会越来越受欢迎了。特别是你上次从校团委借来音箱搞舞会，大家都感谢你。”

李曼说：“舞会我以前也没搞过，舞会最受学生欢迎，但学校好像并不鼓励。但我发现，如果去帮助别人、服务别人，实现大家的愿望，事情就越做越顺，越做越好。”

罗凯说：“你说得对！对我们学生干部来说，我们只有帮助别人，才会有威信，别人也才会听我们的。”

李曼说：“你朗诵的《我是青年》感情很深，好感动人哦。”

罗凯说：“诗言志，杨牧把自己三十多年的经历和他对伟大祖国的情感全部都倾注到这首诗中，所以打动了读者。”

他们渐渐走到了山脚下。

罗凯看了李曼一眼。李曼说：“再走一下吧！”

他俩沿着石阶往上走，山路两边长着很多笔直的毛竹，竹影婆娑。

罗凯说：“我们生活在这个时代，确实是幸运的。看电视片《莫让年华付水流》，听朱逢博的《金梭和银梭》，真的是热血涌动、脸皮发麻，很想有一番作为。我想，不管怎样，这一生都要去搏一搏。人生能有几回搏？至于成不成功，那就交给老天。岂能尽如人意，但求无愧我心。”

李曼看着罗凯，发现罗凯的鼻子、脸上都发出自信的光泽。她第一次意识到眼前这个男人是有远大抱负的，是鲲鹏。

李曼说：“我相信你！”

罗凯说:“你朗诵的舒婷的《致橡树》也很好哇!女人不靠男人，要跟男人一样有自己的事业。”

李曼说:“我们嵊县的女人就是很独立的。越剧就发源于我们嵊县。越剧就是由我们嵊县女人搞起来的。《梁山伯与祝英台》里的祝英台也是我们邻县上虞的。我妈从小就跟我说，女孩要靠自己，长大了也要靠自己，不要依赖男人。”

罗凯说:“你妈很现代哟!”

李曼说:“小时候，我爸在外面做小生意，卖小笼包子。我跟弟弟都是妈妈一手带大的，她当然会要求我们独立。”

罗凯说:“你那么能干，会缝被子吗?”

李曼说:“会，还可以。”

罗凯说:“过几天，我洗了被子，你来帮我缝好吗?”

李曼说:“好，我一定来。”

他俩在紫云洞下山亭的石凳上坐下。罗凯将手悄悄放到李曼放在膝盖上的手上，李曼把另一只手盖在罗凯的手上。

罗凯说:“我不帅，但我是个很真诚的人，我会一辈子对你好的!”

李曼说:“要帅还不容易呀，买两件好衣服就可以。我喜欢你的聪明，而且，你对人很真，你的话我相信。”

罗凯说:“谢谢你的信任，就因为你信任，我也要努力不辜负你的期待呀！难酬蹈海亦英雄，就是周总理年轻时说的。”

罗凯用另一只手抱着李曼，李曼也把头偎在罗凯肩上。

夏夜的上弦月从云层中探出头俯视着这对幸福的年轻人。

十四　花港观鱼

花港观鱼。

罗凯和李曼在红鱼池的竹轩长廊上喂鱼。长廊边一棵红枫从水边疏斜地伸向水面，比冬日的红梅还美。

李曼想起了庄子《秋水》篇中的一段名话。她说：“庄子与惠子游于濠梁之上。庄子曰：‘鲦鱼出游从容，是鱼乐也。’”

罗凯说：“惠子曰：‘子非鱼，安知鱼之乐？’”

李曼说：“庄子曰：‘子非我，安知我不知鱼之乐？’”

罗凯说：“惠子曰：‘我非子，固不知子矣；子固非鱼也，子之不知鱼之乐，全矣！’”

李曼说：“庄子曰：‘请循其本。’子曰‘汝安知鱼乐’云者，既已知吾知之而问我。我知之濠上也。”

罗凯说：“你的记忆力真好，全背得出。”

李曼说：“你也不赖。欸，我问你，这段话好像是庄子偷换概念，在进行诡辩耶！”

罗凯说：“表面上看，好像惠子是对的。实际上，庄子是对的，惠子是错的。人与人，人与生物，心理是相通相似的，都有喜怒哀乐，只要将心比心，就能子知我，我知鱼。你看，现在鱼吃着面包，它会不高兴吗？”

李曼说：“不愧是学习委员，善于独立思考，有自己与众不同的见解。”

罗凯说：“在学习上，我确实喜欢独立思考。一件事情，先了解它的来龙去脉，然后思考它的本质特征。”

李曼说：“我听到背后有人议论我们，说我们俩一个团支书，一个学习委员，挺般配的。”

罗凯说：“是的，不过他们不知道你对我的影响有多大。因为有你的这份感情，我才精神焕发，好像身上所有的潜能都激发了出来，我学什么都觉得很轻松，走在路上常常情不自禁地会跳起来，看书的时候、睡觉的时候一想到你，就会从心底发出微笑。如果你拒绝了我，我会很沮丧，很可能变成一个消沉的人。这就是感情的力量，爱情的力量，有人甚至把爱情称作核动力。”

李曼说：“天哪，我真有那么好吗？真有那么大的作用吗？来喂鱼。哇，所有的鱼，老远老远的鱼都游过来了耶！”其实，因为恋着罗凯，李曼也有相同的感受。

罗凯说："这就是同理心。鱼都知道这里有吃的，所以就全都游过来了。好比你们村，第一个人在外面做小笼包子赚到了钱，其他人也跟着出去做小笼包子，全村人都靠小笼包子发了点小财。再比如诸暨大唐的袜子，慈溪的家电，义乌的小商品，桐乡濮院的羊毛衫，绍兴柯桥的布料，路桥、黄岩的汽配，都是开始一个人做某样东西发了财，其他的人跟着干，渐渐在当地形成一个产业，富了一方。其实，最厉害的就是当地第一个吃螃蟹的人。第一个人都是敢想敢干、不怕吃苦、勇往直前的人。做事情，第一是想到，第二是做到，两者都不可缺，但思想还是最重要的。社会，其实都是先有新的想法，然后将想法变成现实，逐步推动向前发展的。"

李曼说："你还真会举一反三呢！如果你当老师，你的课，我保证喜欢听。"

罗凯说："喂鱼还是很有意思哦！既可以观鱼、赏鱼，又可以体会到很多生活的哲理。"

喂完鱼后，他们走到草坪的坡上，双双躺下。他们仰望蓝天白云，尽情地享受着秋阳和煦的照耀。

罗凯是一字形躺着。李曼的小腿弓起，胸脯高耸着，呈现出一道优美的曲线。

罗凯说：“我第一次见到你，心里就一动，觉得你很像我高中老师陆雪。”

李曼说：“就是那个很喜欢你，说你越大潜力发挥得越好的陆老师？”

罗凯说：“是来福告诉你的吧！”

李曼说：“是的。你怎么猜到的？”

罗凯说：“萧山人，包括绍兴人、宁波人，他们富裕而勤劳刻苦，骨子里都有一种洋洋自得的骄傲。骄傲的底气来自富裕。”

罗凯接着说：“对！你像陆老师，长得都有点像《排球女将》中的小鹿纯子。”

李曼说：“这么说我还沾了陆老师的光了。你知道我第一次看到你是什么印象吗？”

罗凯说：“不知道。”

李曼说：“我当时的印象是，来了一个很淳朴、很天真的同学。没想到你学习那么好，对什么都有自己的独立见解。”

罗凯说：“是的，我比较讨厌那种小市民习气，什么都算得那么精、那么市侩。其实学习是一个世界，人情世故又是一个世界。我喜欢寻找每门课程中的规律，人情世故方面有时就会差一点，我宁愿做一个不世故的人。”

李曼说：“你说得对！不过，如果不懂人情世故，到社会上可能会比较吃亏。”

罗凯说：“吃亏就吃亏吧，我永远不会违背自己的良心！”

……

十五　断桥残雪

上午下了整整半天的大雪，到中午时，雪霁天晴。

在寝室里，罗凯一边准备出去，一边说：

“来福，借你的相机给我用一下。”

“好！我知道你要干什么。以后吃喜酒不要忘了我哦。”来福说。

罗凯拿过来相机，他好像心灵感应似的朝楼下看了看。李曼穿一件红色的滑雪衫，正翘首望他，看到他探出头，忙朝他招手。

两人沿着黄龙洞边的山路，上了宝石山。宝石山上已是银妆素裹，真真一个白雪世界。路上有不少人打雪仗，有一些人在拍照。

“这棵枫树很好，白里透红。”李曼说着，站到了枫树边。

“咔嚓！”罗凯给她照了下来。

李曼转过身，罗凯捏了一个雪球打在李曼身上。

李曼也回敬了罗凯一个。

“这个位置好，给我来一张！”李曼站在初阳台旁边的青石坡上。

“咔嚓！”罗凯给她照了一张。

他俩站在初阳台前看雪景。周围和坡下全部铺琼砌玉一样，山下的湖像一面巨大的青蓝色的明镜，对面的九曜山与天连在一起。

罗凯说：“我把毛主席的词改一下哦！南国风光，千里雪封，万里银妆。”

李曼说：“青蛙跳水里，不（扑）通，不（扑）通。”

罗凯说：“不好意思，文学水平还是差了一点。”

他俩在白色的山脊上走。下坡的时候，罗凯说：“我突然想到一首歌，我唱了啊！”他唱道：

如果你是朝露
我愿是那小草
如果你是那片云
我愿是那小雨
终日与你相偎依

于是我将知道
当我伴着你守着你时
会是多么绚丽
如果你是那海
我愿是那沙滩
如果你是那阵烟
我愿是那轻风
永远与你共缠绵
于是我将知道
当我伴着你守着你时
会是多么绚丽
当我伴着你守着你时
会是多么甜蜜

李曼知道罗凯唱的是王洁实、谢莉斯歌唱爱情的名曲《如果》，所以也跟着唱，并且她唱的主要是谢莉斯的部分。他们一路欢唱着，一路说笑着，下山走到了断桥边。断桥上铺着厚厚的雪，桥上站满了赏雪、玩雪的人。湖边的残荷披上了雪衣，湖水清冽澄澈，湖连山，山连天，大地晶莹朗俊，江山多娇。

“咔嚓！”罗凯给李曼照了一张相。

罗凯对走过来的李曼说:“你知道为什么叫断桥残雪吗?”

李曼砸过来一个雪球,说:“当然知道啊!”

罗凯跑过去说:“等到化雪的时候,断桥一面的雪化了,一面没化。”

李曼跑开说:“我知道了,你别说了!”嬉笑着又砸来一个雪球。

罗凯追过去说:“看上去就像断了一样。”

李曼把冰冰的雪球拍在罗凯嘴上说:“我知道了,你还说?”

他俩走到平湖秋月。这里水面辽阔,青蓝的水在冬日的晴阳下泛着碧波。水连着三面的群山,群山又连着蓝天,青白相连,天山相接。

李曼说:“张岱那篇《湖心亭看雪》写得真好啊!‘天与云、与山、与水,上下一白。湖上影子,惟长堤一痕、湖心亭一点,与余舟一芥、舟中人两三粒而已……’”

罗凯说:“视角独特,可以说无人出其右。来,我再给你拍几张。”

“咔嚓!咔嚓!”在平湖秋月的碑牌、石桥、水榭,罗凯给李曼拍了好几张照片。

他们进了中山公园,来到西湖天下景亭。这是一座单檐歇山顶四角方亭,前临池水,背倚巉岩。此时,亭顶、旁边的树木、后面的山，都是白色。

罗凯说：“西湖天下景，说明西湖景色天下第一。”

李曼说：“也不能这么绝对吧！还有庐山的云雾、黄山的松、苏州园林等，不过，西湖的景都在城市里，杭州人每天都可以真实地享受，这是其他地方不可比拟的。”

罗凯说：“你看这副对联写得多好：水水山山处处明明秀秀；晴晴雨雨时时好好奇奇。”

李曼说：“做一个杭州人，生活在这么好的环境里，确实是幸福。来，给我照一张！”

“咔嚓！”罗凯给李曼又拍下了一幅雪中美女图。

十六　十里琅珰

罗凯和李曼背着背包、水壶，从龙井寺后上了棋盘山。两人边走边聊。

罗凯说："我今天带你走一条路。这条路是郁达夫《迟桂花》里郁先生和翁莲走的路，杭州人叫十里琅珰。"

李曼说："十里琅珰很有名，但我一直没来过。"

罗凯说："不要说你，就是不少杭州人也都没来过，因为多少还是有点偏嘛！你看，这里很多石林奇形怪状，要是像吴山那样近，早就变成景点了，但在这里还是少有人问津。"

李曼说："早就听说你喜欢文学,在文学方面有较高的造诣。"

罗凯说："我懂的也不过是些皮毛吧。文学是一个无底洞，你无论投入多少精力，都不一定有产出。主要还是要有生活经历，其次才是写作技巧。"

李曼说："我觉得也是。"

“哎呀！这里很陡！”李曼叫道。

罗凯伸出手把李曼拉上来。

棋盘山路两边长着很多香樟、苦槠和麻栎树。山雀、白头鹎在树上叽叽叫着。一只画眉鸟，停在树丫上，“叽叽啾——叽叽啾——”叫得特欢。

他们渐渐爬到山顶，开始在山脊上行走。盛夏的青山，树木格外茂盛，一阵阵山风吹来，汗淋淋的两人感到分外凉爽。

他俩在一块石头上小憩。

李曼说：“马上就要工作了！”

罗凯说：“这次很幸运，我们两人都分到大学当老师，其他的同学都分到工厂去了，还有几个进了研究所。”

李曼说：“你学习成绩好，当然分配得好啰！”

罗凯说：“你也一样啊，成绩好，又是干部。不过，班主任找我谈话，他说为了给母校毕业生留下好印象，起码干满五年，我答应他了。”

李曼说：“先稳定了再说，稳扎稳打嘛。”

他们继续往前走。山两边都是碧绿的茶叶树，似乎还隐约闻到茶的香味。山的左边是龙井村，山的右边是梅家坞村，视野开阔，空气清新。

罗凯说：“《芙蓉镇》这部电影很好看哦！”

李曼说：“嗯，姜文和刘晓庆都演得很好！”

罗凯说：“李曼也不赖！”

李曼说：“姜文把落难的知识分子演活了。”

罗凯说：“活下去，像牲口一样活下去。”

李曼说：“运动喽，王秋赦这个人物刻画得真好。搞惯了运动的人，没运动搞了就会发疯！”

罗凯说：“你分析得很有道理，写一篇评论吧！”

李曼说：“我哪有你那样的才华呀！”

走过三分岔。山下的村庄，传来公鸡“喔——喔——”的叫声。李曼气喘吁吁。李曼说：“我走不动了，我们歇一歇吧！”

罗凯说：“走不动也要走，越困难的时候，越要说我再往前。”

寿星头山峰像一个帽子一样，在路的东边。

罗凯说：“我问你，你们嵊县说不求上进的人，怎么讲？”

李曼说：“我们绍兴地区叫‘破脚管’。”

罗凯说：“我们杭州人说你这个覅好胚！”

李曼故意骂罗凯：“你这个破脚管！”

罗凯回骂：“你这个覅好胚！”

李曼说：“你这个覅好胚！”

罗凯说：“你这个破脚管！”

罗凯又说：“口令，古鲁姆——”

李曼说：“欧巴。”

罗凯说：“脸红什么？”

李曼说：“精神焕发。”

罗凯说：“怎么又黄了？”

李曼说：“防冻涂的蜡。”

罗凯说：“我们说的是什么电影？”

李曼说：“前一部是《奇袭白虎团》，后一部是《智取威虎山》。”

罗凯说：“有意思，我们那时候看的就是这么几部电影，台词大家都背熟了。”

他们说着，不知不觉就到了五云山。

罗凯说：“要问五云山到不到，看到竹子就到了。你看，山坡上都是毛竹。”

李曼说：“没想到这么快就到了。”

罗凯说：“还累不累？”

李曼说：“现在好像觉得还轻松。”

罗凯说：“所以，我说一定要挺过那段假性极限。困难的时候，你就要再往前熬一熬，熬过了之后路就开了。人生跟爬山一样。”

李曼说：“你总能从生活中总结出人生的哲理。”

他们走到五云山的古银杏前。这棵古银杏树顶都已经颓败，但从主干侧面依然萌发出许多小枝，枝繁叶茂。

李曼说："这棵树寿命真长，有约一千四百年，是隋朝种的。"

罗凯说："说不定隋炀帝杨广还从京杭大运河乘船到杭州来看过它哩！"

李曼说："你想象力真丰富！"

罗凯说："毛主席写过一首题为《五云山》的诗：'五云山上五云飞，远接群峰近拂堤。若问杭州何处好，此中听得野莺啼。'"

李曼说："毛主席到底是伟人，出手不凡。"

他俩下了五云山。走到山腰，有一亭，亭上有一副楹联：

长堤划破金湖水；之字平分两浙山。

他俩在亭子里吃了点面包，继续下行。走了一阵，到了兜云亭。看了莲池大师墓，沿着石径往下走，两边都是几百年的大树，有苦槠、枫香、浙江楠、槐等。这些古树或高耸，或直立，或斜欹，遮阳挡光，与万竿翠竹一起，形成了一个独有的竹树景观。路的右边，云栖溪沿着山谷琮琮琤琤流下，罗凯的心中忽然产生一种豪情。

罗凯对李曼说："真是太美了！我真想给杭州也写一部《庐

山恋》那样的电影剧本！”

李曼说：“你想写就写吧！”

罗凯说：“好像还是生活阅历不够，不知从哪里写起，故事如何发展，结局又怎样。”

李曼说：“你可以慢慢积累素材嘛！”

罗凯说：“我会留心的。”

他们走到洗心亭。亭畔竹影婆娑，山泉幽咽，池水清澈，水中的石子、落叶历历在目。

李曼说：“水好清哟，这里好像真的能洗掉生活的烦恼。”

罗凯说：“云栖竹子多。陈云最喜欢云栖，每次来杭州都会到云栖。”

李曼说：“宁可食无肉，不可居无竹。竹林优美又陶冶人的品格，所以伟人往往更喜欢。”

十七　台风

杭州人都不会忘记1988年8月的那场台风，那场空前绝后的台风，刮倒了西湖边的大树，让杭州城损失惨重。吴凡更不会忘记，正是这次台风促进了他的爱情。

8月8日下午，狂风大作，山呼海啸一般。树一会儿被吹弯到这边，一会儿又被吹弯到那边，地上的纸、塑料袋都被吹到空中。紧接着是一道道闪电，闪电过后是轰隆隆的雷声。雷声过后，老天开始往下倒雨了。开始还是稀疏的阵雨，后面就是接连不断的瓢泼大雨，下个不停。

黄莺和一些乘客在公交车站等了很久，都没有车开来。这时，有乘客说：“西湖边树倒了，汽车开不进来，还是走吧。”

乘客陆续走了。黄莺撑开伞，刚要往外走。这时，一辆三轮车停在她面前，一个人说：“黄莺，上来吧！”黄莺抬头一看，是吴凡，一阵惊喜，赶紧上车坐在吴凡的旁边。吴凡说：“去清泰街！”

三轮车在狂风暴雨中沿着灵隐路朝城区驶去，路边有不少树已被狂风刮倒。

黄莺说：“你怎么知道我在这里？”

吴凡说：“这次台风是百年不遇的，西湖边的树都倒了。我估计你回不去，所以就叫了辆三轮车。师傅开始还不愿意哩。我求他：这是接我女朋友，关系到我的婚姻哩，大哥，你做做好事吧。师傅才同意的。”

为了证明自己，吴凡大声说：“大哥，是不是我求你才同意的。”

蹬三轮车的大哥用力踏着，他的裤子早被雨打湿了，脸上淌着雨水，他说：“是哦！姑娘，你男朋友真当对你好！这样真心的男人哪里去找，赶快嫁给他吧！”

黄莺咯咯笑着，吴凡趁机握住她的手。

三轮车骑到西山路[①]，靠近西湖的法国梧桐都翻倒了。师傅说：“我们从曙光路走，西湖边难走。”

风雨兼程中，雨渐渐小了一些。黄莺的手一直被吴凡握着，她感到手很热，心里更是暖暖的。她想：“这个人是可以托付的

① 今杨公堤。

吧！难得这么多年来，他一直陪我带我玩。他懂得那么多东西，肚子里的故事好像无穷无尽。他上进心强，工作也不错。在关键的时候，在我需要他的时候，他不会逃避，一定会出现。这些年，还是我思想保守，他碰我一下我都不让。看来，我不应该再犹豫，应该答应他了。”

想着，她的另一只手放在吴凡手上摩挲起来。

吴凡察觉到她手上的动作，转脸看黄莺，黄莺也含笑看吴凡，两个人会心地笑了，两颗心终于融合为一体了。他们紧紧抱在一起，情不自禁地吻了起来。

十八　六和塔和九溪

吴凡和黄莺站在六和塔前的江边看江水。

像红心蛋黄一样的朝日挂在闸堰那边的青天上。江面辽阔，江水浩荡奔来。他俩不远处的江面上，江花在阳光的照射下，像千万面小镜子闪闪烁烁、跳跳跃跃，美极了。

吴凡脱口念出白居易的《忆江南》：

江南好，
风景旧曾谙。
日出江花红胜火，
春来江水绿如蓝。
能不忆江南？

黄莺念道：

江南忆，
最忆是杭州。
山寺月中寻桂子，
郡亭枕上看潮头。
何日更重游？

吴凡说：“白居易先后在九江、杭州、苏州当过地方长官，他说‘江南忆，最忆是杭州’，说明杭州确实是好地方。”

黄莺说：“我们托父母的福，投生在一个如诗如画的人间仙境。”

他俩转身仰看六和塔，六和塔巍峨地矗立在月轮山山腰上，背后群山揽抱，林木葱茏。

黄莺说：“我喜欢听你讲故事，你跟我说说六和塔的故事吧！”

吴凡说：“相传古时候，钱塘江里住着一个性情暴躁的龙王，经常无缘无故兴风作浪，打翻渔船，淹没农田，冲毁房屋。生活在江边的居民怨声载道。有个叫六和的小孩，他的爸爸被潮水卷走了，后来妈妈也被卷走了。六和发誓要为父母和乡亲们报仇，就天天在江边抛石头，抛了七七四十九天，龙王受不了了，就把他妈送回来，并且答应潮水只涨到月轮山脚下。为了感谢六和制服龙王，后人就建了这座塔。这是民间传说，实际上六和塔是吴越国国王为镇住钱塘江潮水而建，并具有导航作用。”

黄莺说：“你就是懂得多，说你‘杭州通’一点也不假。”

他们来到六和塔的下面，一个导游正带团讲解，他俩也凑在旁边听。那位美丽的女导游说：

“相传，六和塔上以前住着十二只玉老鼠，每天晚上，它们都会出来活动。有一个采宝客发现了这个秘密，就想把玉老鼠拐走。拐玉老鼠需要金丝猫。采宝客就在杭州到处找。他发现一个修鞋子的老皮匠身边有一只癞皮猫，就想花大价钱把这只猫买下。老皮匠说什么也不肯卖。这时，从旁边走过的恶棍阿五看到了，就对采宝客说：‘只要你说出这只猫的用途，我保证你能买到。’采宝客说：‘这只猫看上去是癞皮猫，其实是一只金丝猫，可以用来拐六和塔上的十二只玉老鼠。’恶棍阿五马上抢走了金丝猫。等到晚上，阿五带着金丝猫躲在六和塔下。晚上十二点以后，玉老鼠出来活动了，阿五赶快放出金丝猫。金丝猫一蹭一跃就蹿上了塔顶，玉老鼠吓得从塔顶掉下来，一个个摔得粉碎。阿五看到玉老鼠都摔碎了，气得一不小心跌进钱塘江里淹死了。从此，六和塔上再也没有玉老鼠了。”

导游绘声绘色的讲解，把大家都带入了拐玉老鼠的情境中。一个游客说：“人家好好地住在上面，你去拐它们干吗？”

说得大家都笑了。

他俩沿着塔内台阶向上走。在塔每层的墙外壁、外墙甬道两侧须弥座束腰处保存有完整的宋代砖雕一百七十多组，题材丰富，图案精美，下面几层动物图案较多，上面几层主要是花卉图案和饰纹。

他俩站在三层外部木檐廊上，眺望钱塘江。浩荡的钱塘江奔流而下，江面辽阔，有轮船在航行，左边大桥横卧，桥上火车轰隆而过。

吴凡说："这个地方好，所以《水浒》中的鲁智深在六和塔坐化圆寂，武松在这里出家，一直活到八十岁寿终。"

黄莺说："武松的寿命还蛮长嘛！"

他俩往上一直走到顶层，对面山上的树都在塔面以下，树木郁郁葱葱，南面则江水浩浩汤汤，江天一色。

黄莺说："景色太美了，我都不想下去了！"

他俩从徐村进入，沿九溪路往里走。路两边生长着许多桂树和红枫。走不多远，就听到溪水哗哗响。原来，九溪溪水在这里被一排石头挡住，溪水从石上跳下，发出悦耳的声音。他俩继续向前，溪水一下在路的右边，一下在路的左边，水清澈见底，水中的鹅卵石历历在目。树上的山雀、棕头鸦雀叽叽鸣叫，两只长尾蓝雀从树上往山边飞去。

他们在林海亭小憩。吴凡看着石柱上的对联，念道：

小住为佳，且吃了赵州茶去；

曰归可缓，试同歌陌上花来。

黄莺说："应该写吃了龙井茶去才对。"

吴凡说："赵州茶是从佛教名著《五灯会元》里来的，作者是想表现一种出入平和的禅境。"

黄莺说："原来是这样啊！"

他俩继续沿溪往上走，溪边长着很多红枫、桂树。红枫有的树叶已经红了。溪流、红枫、茶园、山壑、林峦，令人心旷神怡。

接近九溪烟树时，黄莺快速走到溪边，说："哇，太美了！快看那儿！"

只见急湍从水闸中奔腾而出，形成一级小瀑布，平流一小段，又形成一级小瀑布，两边红枫掩映。水潭里的水色是孔雀绿。

吴凡赶紧给黄莺拍照。"咔嚓！咔嚓！……"一连照了几张。

他俩走到八觉山边的石桥上，看悬瀑飞流而下，迸珠泻玉。

吴凡说："日照八觉生云烟，近看瀑布挂山前。飞流直下一百尺，疑是小河落九溪。”

黄莺说：“乱改李白的诗。”

从溪中溪往上走，就是十八涧。走不多远，溪中躺着两块大石头。吴凡走在水中，看石头上的字。一块小一点的石上写着“九溪十八涧”，一块大的上面刻着俞樾的诗，吴凡念道：

重重叠叠山，曲曲环环路。

丁丁东东泉，高高下下树。

黄莺说：“写得确实好，把我说不出的感觉写出来了。”

黄莺从碇步石上过溪，吴凡更喜欢走水里。路边有很多植物，黄莺不认识，吴凡大多都认识，他俩一问一答往上走，并且不时要过路中间的溪水。

“路边高大的是什么树？”

“枫杨树。”

“这是什么树？”

“麻栎树。”

“这是什么花？”

“这是刻叶紫堇。”

“这是什么草？”

“这是蝴蝶花。”

“这是什么植物？”

“这是迎春花。”

“这是什么植物？”

“这是南天竺，杭州的天竺筷就是用它做的。”

“你真是植物专家，你怎么懂得这么多。”

“我爸从小就教我。”

快到龙井时，又出现了一条溪中的碇步石路。

黄莺说：“哇，现在是第九条石头路啦！”

吴凡从溪中走。黄莺小心地从碇步石上走。“到啦！”她跳下最后一步，却不小心踏到水里。吴凡赶快拉她上来，帮她拧干裙子上的水。吴凡拉着黄莺的手，上了龙井村。

十九　三生石

吴凡和黄莺走在静寂的天竺路上。

黄莺说：“今天我带你去一个地方，你从没去过的。”

“真的？”吴凡说。今天一出门，吴凡就觉得会有什么好事发生，因此做了一点小小的准备。

“真的，你跟我走。”黄莺说，“天天逛西湖，有没有逛厌？”

吴凡说：“西湖的景是看厌了，人看不厌！”

吴凡学着费翔的样子唱道：

读你千遍也不厌倦，
读你的感觉像三月，
浪漫的季节，
醉人的诗篇。
唔……

读你千遍也不厌倦，
读你的感觉像春天，
喜悦的经典，
美丽的句点。
唔……
你的眉目之间，
锁着我的爱怜，
你的唇齿之间，
留着我的誓言。
你的一切移动，
左右我的视线，
你是我的诗篇，
读你千遍也不厌倦。

这是梁弘志作词作曲的《读你》。吴凡把最后两个字拉得特别长，眼睛看着黄莺。黄莺打了他一下，说：“别发神经啦！”

他俩经过美丽的三生石公园，来到一块巨石旁，上刻“三生石”三字。

他俩在旁边一块石头上坐下。黄莺说：“‘杭州通’，你跟我讲讲三生石的故事吧！”

吴凡说：“好！相传唐朝的时候，李源和高僧圆泽是好友，他俩相约去峨眉山游玩。圆泽想走陆路，李源想走水路。圆泽拗不过李源，只得跟李源走了水路。一天，他们看到有个挺着大肚子的妇人在河边打水，圆泽就对李源说：‘这妇人怀孕三年还未分娩，一定是等我去投胎。我却一直躲着，如今面对面见着了，再不能躲了。三天后，妇人生产，请你到她家看看。婴儿如果对你微笑，那就是我了，就以这一笑作为凭证。十二年后的中秋夜，我在杭州天竺寺等你，那时我们再相会吧。’”

吴凡顿了顿，接着讲：“当晚，圆泽就圆寂了，妇人也同时生下一个男孩。第三天，李源来到妇人家中，婴儿果真对他一笑。十二年后的中秋夜，李源如期到天竺寺寻访，刚走到寺门，就看到一牧童在牛背上唱歌：‘三生石上旧精魂，赏月吟风莫要论。惭愧情人远相访，此身虽异性常存。’李源马上与他相认。牧童说他就是圆泽，但是尘缘已了，不能久留，说着便离去了。”

黄莺说：“精彩！精彩！我脸上都有点发麻，被感动了。”

吴凡说：“哪里，哪里！”

黄莺说：“美女坐在你旁边，你有什么想法？”

“你看那边有一只鸟在叫。”吴凡手一指，黄莺头转了过去。吴凡迅速从口袋里拿出戒指盒，取出戒指，抓住黄莺的手，套在她的无名指上。

黄莺转过头，手抚摸着戒指，娇嗔地说："你骗我，我敲煞你！"

吴凡抱着黄莺，把嘴唇压到她的嘴唇上，两人狂吻了起来。吴凡吻着，一边想着，整整追了她八年，现在才真正得到她的心。他拼命地、深情地吻着她。黄莺同样深情地吻着。她想：你这个傻瓜，追了我八年，总是文绉绉的，你不会粗野一点吗？

他们抱着、吻着。终于，嘴唇松开了。

吴凡说："能够找到你，我真幸福！"

黄莺说："我也是！"

他俩又轻轻吻着。

二十　电视机厂

电视机厂流水线上，上百个工人坐在作业台前组装着电视。

邹辉坐在作业台前，迅速地把二级管焊在电路板上，然后把焊好的电路板放在流水线上，又焊下一块电路板。不一会儿，他就焊了上百块电路板。

邹辉从部队退伍后，就被分到了父母所在的电视机厂。他的父母都是老实人，没有路子，因此也就就近分配。那时候，有的人父母有权力，或者会走关系，就会分配得比较好。有的战友去了公安局，有的去了街道当公务员，有的去了电视台或报社。他知道人各有命，也比较安心。他不愿跟父母住在一起，就住进了厂里的集体宿舍。开始是四个人一间，后来厂里看他渐渐成了大龄青年，就在厂里的仓库旁边给他隔出来了一个小间。

“邹师傅，我这里怎么也焊不好哇！”旁边一位个子略小、长相清秀的小姑娘赵春叫他。

邹辉把她的烙铁拿过去试了下，也焊不好，就说："烙铁坏了，你拿我的去用。"

邹辉从抽屉里找出一把新的烙铁，继续焊。

赵春换了一把烙铁，马上就焊得很好。她转过头，轻声说："邹师傅，谢谢你呵！"

邹辉说："不用客气！大家都是同事嘛！"

焊了一会儿，邹辉说："赵春，你喜欢听谁的歌？"

赵春说："我喜欢听童安格的歌，他的磁带你有吗？"

邹辉说："我有，明天给你带来。"

赵春说："你喜欢听谁唱的歌？"

邹辉说："我喜欢听苏芮的《跟着感觉走》、崔健的《一无所有》，还有姜育恒的《驿动的心》。"

赵春说："这些歌都很好听。什么时候借给我听听？"

邹辉说："下次你到我宿舍去玩，就可以听啊！领导来了，我们不说了。"

车间主任从他们面前走过，他俩认真地焊着电路板。

二十一　皮鞋

杭州延安路靠解放路的小吕宋百货商店。店外口上方拉着一条横幅：价格高出其他商店补差价。

一楼鞋类柜台前面，人挤人，水泄不通。

“四十一双，四十一双。”程锋一面嘴上叫着，一面忙着给顾客拿鞋。刘香一面忙着收钱，一面忙着给顾客装袋。

“给我一双，四十一码的。”

“给我一双，三十六码的。”

“给我一双软牛皮的，三十六码的。”

面前的顾客叫着，买了走了，后面又有顾客上来。

整整忙了一上午，程锋他们的鞋柜基本上卖空了。刘香收钱收得手发抖，皮包鼓鼓的。

程锋摇响了电话：“喂，黄厂长吗？明天男皮鞋给我发十件货，女皮鞋也给我发十件货。”

他俩忙着吃外卖送来的快餐。程锋说："吃完饭，我到证券公司抛股票去。"

刘香问："股票涨了多少啦？"

程锋说："一块钱买的涨到十几块,三四块钱买的赚到二三十块。"

刘香说："还不抛掉啊！"

程锋说："我下午到证券公司去抛。"

程锋来到证券公司，向工作人员要了一大摞报单，然后分别填上飞乐股份一万股、飞乐音响一万股、浙江凤凰一万股、氯碱化工一万股……他把单子交给报单员，他说："全部给我以现价卖出。"

证券公司交易人员接过单子，在电话里报：飞乐股份一万股、飞乐音响一万股、浙江凤凰一万股、氯碱化工一万股……

程锋在柜台边等成交消息。过了十几分钟，交易人员告诉他，全部成交。程锋说："谢谢！谢谢！"

工作人员问："赚了多少？"

程锋说："一百多万。"

工作人员说："买糖啰。"

程锋说："好！"

程锋真的跑到旁边小店里买了一斤花生牛轧回来。

"吃糖！吃糖！"他散给工作人员吃，剩了一点散给旁边的股民吃。

二十二　一堂集成电路课

钱江大学的青年教师宿舍在学校主体校区旁边的一个小院落。这里有生物系及其园区，再就是两栋青年宿舍。不宽的路边种着法国梧桐树，正是深秋，树叶都变得枯黄了，地上、草丛上洒满了落叶。

晚饭吃过，和几个青年老师散了会儿步，罗凯回到寝室开始备明天要上的课。罗凯把课本和备课本拿出来，他翻到第二章，先看书，看了一会儿，开始写教案。他看一会儿书，写一会儿教案。

没看多久，几个年轻的同事进来了。一个同事说："来来来，听邓丽君的歌吧！"

罗凯按下磁带，录音机里放出邓丽君哀怨悱恻的声音："我没忘记你，你忘记我，连名字你都说错，证明你一切都是在骗我，看今天你怎么说。你说过两天来看我，一等就是一年多……"

大家海阔天空地侃大山。超级杯，普拉蒂尼打进制胜一球。《射雕英雄传》真好看，翁美玲好可爱，靖哥哥！靖哥哥！汪明荃《万水千山总是情》好听，她的舞跳得真好……

青春的日子，无法随意打发。不是每个男女青年一开始就有对象和朋友的。很多的学生，很多的青年教师，就是靠聚在一起聊天、听歌，打发那寂寞而漫长的时光。青春，对于有的人来说，有时候就是用来浪费的。生命在一些节点上是重要的，比如，出生、入学、考上大学、工作，而在其他时间，往往是缓慢的，可以努力、可以积累、可以挥霍、可以浪费，甚至浪费本身就是生命的一部分。

“十点了十点了，我还要备课。”好不容易把同事赶走，罗凯继续备课。看一节，写一段教案，再看一节，再写一段教案。眼皮开始打架了，罗凯洗脚睡觉了。

从钱江大学前门进来，是一块长长的草坪，草坪的尽头是高耸的图书馆。教学楼便沿着图书馆前左右两边的道路摆开。左边是东一、东二、东三，右边是西一、西二、西三、西四，物理楼在东二。深秋的校园，草坪上的草已是金黄。午后，会有很多同学在这里晒太阳，也有少数情侣背靠背坐着沐浴爱情的阳光。草坪靠外的地方生长着高大的雪松，它们像卫兵一样守候着这块地方。草坪外的马路两旁长着高大的法国梧桐，繁茂的树叶伴着秋风变成了青黄、金黄和棕黄，地上洒满了树叶。清洁工有意不扫树叶，以让秋天的这份美景保存得长一些，再长一些。

吃过早饭，罗凯踩着路上金黄的树叶，带着教材和备课本来到东二物理楼的教室。他走进教室，站到课台上，说："同学们好！现在开始上课。"

他说："四书中的《大学》里说'格物致知'。'格物'就是研究事物，'致知'就是了解事物的道理。这其实就是物理，物理就是事物的道理。所以，我们做的事、研究的工作，自古就被认为是最重要的。"

他接着说："我们知道电是美国的本杰明·富兰克林最早发现的，他在1752年著名的风筝实验中，成功捕捉到了所谓的'天电'，并由此验证了闪电与地面上的电是相同的。第一个应用电的是英国的法拉第。1831年，法拉第首次发现了电磁感应现象，这为他后续找到产生交流电的方法打下了基础。之后，他成功发明了圆盘发电机，成了人类历史上第一个发电机。法拉第在电磁学方面有巨大贡献，因此被誉为'电学之父'和'交流电之父'。"

"今天我们讲电路的基本原理。电路的一个基本原理是基尔霍夫定律。其中基尔霍夫电流定律指的是电路中任一节点的电流流入等于流出；基尔霍夫电压定律指的是在闭合回路中，电压总的升和降是相等的。”罗凯继续说，“初高中我们经常用开关来控制电路，而在集成电路中，我们是用半导体材料做成的晶体管来作为开关，通过改变晶体管的控制电压来控制它的导电性，从而得到我们想要的电路功能。集成电路的目的是要在一个不大的空间里，尽可能多地摆放晶体管等电路元件，获得更复杂的电路功能。

“我们现在来讲集成电路……”

课间休息时，罗凯走到教室外面，马上有几个男生和女生围过来。

一个男生说：“老师，我们很喜欢听你上课，你总能深入浅出，你会讲清事物的来历，还会打比方，把事物的本质讲得清清楚楚。”

一个女生说：“你讲的东西离我们很近，好像就在我们身边，我们很容易接受。”

罗凯说：“我也是跟你们一样，先学习，不过我上大学的时候已经学过一遍了。我想，我在学习的时候怎么容易接受，就怎样教你们。当然，有两个技巧，一个是从已知到未知，一个是展现人类探索事物和真理的过程。”

一个男同学说：“原来里面有这么多奥秘，怪不得我们都喜欢听老师的课。我原来对集成电路不是很感兴趣，现在我准备考集成电路的研究生了。老师，你给我们推荐几本参考书吧！”

罗凯说：“课后你到我寝室来，我告诉你。”

一个女生问：“老师，如果毕业了，分配到一个自己不喜欢的单位怎么办啊？”

罗凯说：“你可以考研究生，也可以调动工作啊！生活没有一纸蓝图，也没有标准答案，需要我们自己去创造、去摸索。我们正遇上了改革开放的好时代，一定要解放思想，追求心中的梦。”

继续上课，罗凯老师又给学生讲了各种各样的电路。这一章节讲完，还多了几分钟，罗老师与同学们分享了对侯德健作词谱曲、程琳主唱、童声合唱的《你和我的明天》的感想。

（女）你生在美丽的宝岛，
（童）你长在辽阔的中原，
（女）我们俩从来没见过面，
（童）却好像你就在眼前。
（合）不知道究竟是为什么，
我总是对自己说，
说你会想念我，

就像我想念你一样多。

（女）你的模样我没见过，
（童）你的生活也是听人说，
（女）说你我分不出谁是谁，
（童）分不清我是你，你是我。
（合）不知道究竟是为什么，
我总是对自己说。
说你会喜欢我，
就像我喜欢你一样多。

（女）假如你可以来看看我，
（童）我会有好多话要跟你说。
（女）如果我也可以去看你，
（童）你将会怎么样来欢迎我？
（合）不知道究竟是为什么
……
我总是对自己说
说明天属于你，属于我，
不分你不分我。

这首歌中的你我，“我”是台湾，“你”是大陆。台湾人和大陆人因为两岸相隔，难以见面，但都知道大家长得一样，互相喜欢，所以歌里面唱道：“说你我分不出谁是谁……说你会喜欢我，就像我喜欢你一样多。”如果大陆人去看望台湾人，台湾人会有好多话跟大陆人说。如果台湾人去大陆，大陆人会怎么样欢迎台湾人呢？两岸总有一天会统一，明天属于大陆也属于台湾，那时候一定不分你不分我。

大家看，这么好听、这么感性的一首歌，里面有那么深的内涵。这首歌的过门，非常温暖缠绵，啦啦啦，啦啦啦……下课铃声响了，罗凯合上备课本，与教材叠在一起拿在手上，走出了教室。

同学们还沉浸在罗老师讲的课中……

二十三　杭州之美

10 月，杭城处处弥漫着一种馥郁甘甜的桂花香。

在满觉陇石屋洞旁的桂花树下，一桌一桌坐满了人。

罗凯他们在路坡上的一棵桂花树下围桌而坐。桌子中间摆满茶点和水果，罗凯、李曼、吴凡、黄莺、程锋、刘香和邹辉都来了。吴凡带了个录音机。录音机里正放着李春波唱的《小芳》。

程锋说：“我们老同学好久不见，我一直想约大家坐坐。”

刘香说：“他老是跟我说要约，我说你就约啰，他总说大家都有事。我说国庆节总没事吧！他才约了大家。”

程锋说：“邹辉还不肯来哩，我又托吴凡给他打电话，他才答应来。”

吴凡说：“程锋胖了，派头大了。罗凯好像瘦了。我和邹辉变化不大。”

罗凯说："我们三个都结婚了。邹辉要抓紧了，对象有没有，没有你们几位嫂子要帮忙哦。"

邹辉不好意思地用手剥开心果吃。

程锋说："邹辉啊，听说你跟杨丹写信哎！"

邹辉说："没有。"

程锋说："杨丹都把你的信拿给女同学看了。"

李曼宽厚地说："不要说了，人家本来就不大高兴。"

吴凡说："听说杨丹出国了，嫁了个老外。"

罗凯说："我是到过国外的，我觉得中国人在外国往往水土不服，还是国内机会多。邓小平南下讲话后，机会好像更多。你们看程锋，一下子成了老板。"

程锋说："我一看到邓小平南下讲话，就感到机会又来了，准备开一家高升鞋业公司。"

邹辉说："你怎么那么有钱哩？"

程锋说："我以前养蜂赚了不少钱。后来，就回杭州卖鞋子。鞋子都是从温州批发来的，一转手就赚几倍。上海证券市场发认购证，我把店里进货的钱都拿去买，一下子赚了一百多万块钱。今天吃饭，我埋单。等一下我们再去坐船，我包了一只游船。晚上我请大家在楼外楼吃饭。"

李曼说："排得满满的，谢谢你哦！"

录音机里换了支歌在放，放的是罗大佑唱的《东方之珠》，歌声优美而舒缓。

程锋说："现在政府宣传解放思想，鼓励下海。你们也可以下海呀！"

罗凯说："人各有志，人各有长，我可没有你做生意的本事。"

程锋说："做生意嘛，开始往往都是亏的，做着做着不亏了，做着做着赚钱了，而且越赚越多。做生意总是这样的。吴凡、邹辉，你们两位也可以考虑一下呀！"

吴凡说："我们单位福利还不差，领导还蛮重用我的。我现在没有想法。"

程锋说："邹辉，听说你们单位效益不算好，你可以考虑一下嘛！"

黄莺说："人家对象还没找好，要先成家，后立业。"

程锋说："对对！先成家后立业。我跟我老婆就是这样。找老婆就要胆大脸皮厚。我老婆就是被我骗来的。我说陕北的羊肉泡馍好吃，就把她骗到陕北和我一起睡帐篷。"

刘香打了程锋一下，大家都笑。

吴凡说："我追我老婆，追了八年，靠了那场大台风才成功，好辛苦哟！"

黄莺在旁边低头笑。

程锋说：“罗凯，说说你们两个的事，也好给邹辉介绍点经验嘛。”

罗凯说：“我上大学时，第一次看到她就有点心动，她很像《排球女将》里的小鹿纯子。后来在班上一起搞活动，发现她对我也有好感，我就约她散步，慢慢才有了今天。我觉得找对象，关键是看对方对你有没有好感，有好感就有了发展的基础。”

李曼在一旁嗑着瓜子，略带微笑。

黄莺说：“最近，电视里放《外来妹》。这部片子蛮好看的，里面的歌《我不想说》也很好听。邹辉，你们厂里外来妹不少吧！你就找一个漂亮的外来妹吧。”

邹辉看了黄莺一眼，不好意思地低着头嗑瓜子。

有篷的画船在西湖上开着。船头犁开了万顷碧波。西湖三面环山一面城。大家坐在船上，嗑着瓜子，喝着碧绿的龙井茶，享受着西湖的湖光山色。船头播音器里放着罗大佑作词作曲的《东方之珠》：

小河弯弯向南流
流到香江去看一看
东方之珠　我的爱人

你的风采是否浪漫依然
月儿弯弯的海港
夜色深深　灯火闪亮
东方之珠　整夜未眠
守着沧海桑田变幻的诺言
让海风吹拂了五千年
每一滴泪珠仿佛都说出你的尊严
让海潮伴我来保佑你
请别忘记我永远不变黄色的脸
船儿弯弯入海港
回头望望　沧海茫茫
东方之珠　拥抱着我
让我温暖你那苍凉的胸膛
让海风吹拂了五千年
每一滴泪珠仿佛都说出你的尊严
让海潮伴我来保佑你
请别忘记我永远不变黄色的脸
船儿弯弯入海港
回头望望 沧海茫茫
东方之珠　拥抱着我

让我温暖你那苍凉的胸膛

让海风吹拂了五千年

每一滴泪珠仿佛都说出你的尊严

让海潮伴我来保佑你

请别忘记我永远不变黄色的脸

让海风吹拂了五千年

每一滴泪珠仿佛都说出你的尊严

让海潮伴我来保佑你

请别忘记我永远不变黄色的脸

请别忘记我永远不变黄色的脸

黄莺说："这个歌是写香港的，真好听！要是有一首写杭州的歌就好了。"

李曼说："你们有没有发现，杭州的美是这样的：你要是到杭州只住两三天，每个景点打下卡，你会觉得杭州不过如此。但你要是在这里住上半个月一个月，每天就去一两个景点，再在城里走一走，茶室里坐一坐，饿了吃点小吃，你会发现在这里生活真的是太幸福了。杭州的景点就在城市的旁边，你如果工作累了，随时可以到景区休息和疗愈。每个景点都修葺得那么美、那么艺术，我们看到树上有根藤缠着往上走，其实里面包着一根电线。它的一杆路灯、一个垃圾桶都蕴含着设计的匠心。景点里到处都是名人遗迹、民间传说，处处散发着人文气息。而且杭州工商业又特别发达，买什么、吃什么都非常方便，充满了时代特征。”

程锋说：“说得好全面，我怎么说不出。上次我带一个亲戚游西湖，他说：‘西湖真大呀，都是水！’”

大家一阵嬉笑。

邹辉说：“欣赏美一定要在和平环境。我们在老山打仗的时候，只想到消灭敌人保存自己，谁还有心思欣赏杜鹃花漂亮不漂亮！”

大家都觉得邹辉说得有道理。

吴凡突然说：“看！鸬鹚在捉鱼！”

大家抬眼看去，一只鸬鹚从水里叼出一条鲫鱼，马上吞了下去。

船从湖心亭和阮公墩中间驶过，船犁开的水波迅速往后推。水面辽阔，苏堤笼罩在水雾中，周围的群山隐隐显现在灰白的雾霭中。船不一会儿开到了三潭印月。

上了岛，他们沿路朝前走。

吴凡说：“三潭印月最早是吴越国时的水心保宁寺。明朝时，有个县令将它建成放生池。清朝雍正时，浙江总督李卫将它建成南北通桥、东西贯堤的‘田’字形岛屿。”

他们走到小瀛洲亭前面的亲水平台上。湖中两岛笼罩在水雾中，对面山上的保俶塔挺立在青山边，眼前湖水平铺，水波逐浪远去，接连不断。

李曼不禁念出范仲淹的《苏幕遮》：“碧云天，黄叶地。秋色连波，波上寒烟翠。山映斜阳天接水。……”

程锋说：“罗凯老婆真是太有才了，写得这么好。”

李曼说：“不是我写的，是宋朝的范仲淹写的。”

程锋说：“哦，是宋朝的饭桶写的。”

他们往里走，过先贤祠，便是九曲桥。桥的右边有“开网亭”。水中有一块高高的假山石，湖上长着睡莲。

程锋说：“你们看，那块石头像不像狮子。”

黄莺说：“那叫九狮石，是用太湖石做的。”

过了建在桥上的“亭亭亭”，走不多远，便到了粉墙黛瓦的“竹径通幽”。墙内竹径曲折，竹影婆娑。

沿矮墙脚行，有“卍”字亭。过“卍”字亭，路边有一块巨大的假山石，石上长着一种叶片圆厚的植物。

李曼说：“这是什么植物？”

吴凡说：“这是薜荔，一般都是长在篱墙和树上。”

继续前行，路边有一片木芙蓉开得浓艳灿烂。

刘香说：“好漂亮哟！”

黄莺说：“这就是鱼沼秋蓉，是清朝的西湖十八景之一。”

路边有花鸟厅、迎翠轩、木香榭等卖商品、小吃的店，他们笔直走过。又走了一段曲桥，过了康熙题名的御碑亭，便来到全岛的精华所在——我心相印亭。亭子一边是粉墙，一边是走廊。

程锋说：“我心相印是什么意思，我跟我自己的心还要相印呀？”

吴凡说：“我心相印就是你跟你老婆，不说话，两个人心里都知道什么意思。”

程锋说：“哦，哦。”

大家都笑了。

大家站在走廊上，看眼前的三潭印月。

蓝色的漾漾湖波之上，三座宝瓶形小石塔历历在目。每个塔顶上都停着一只大鸬鹚，中间的塔周围还有几只鸬鹚。湖右边的苏堤好像是烟树，对面的夕照山飘浮着薄雾，稍远的九曜山朦朦胧胧的。

黄莺说：“相传以前中秋节，当时的人在塔里点蜡烛，洞口蒙上薄纸，灯光从中透出，好像一个个小月亮。天上一个月亮，水中一个月亮，塔里又有三个小月亮，水天一色，波光荡漾，美不胜收。三潭印月就是这样来的。”

邹辉说：“这里确实是美，我好像烦恼也没有了。”

程锋说：“老婆也不想找了！”

大家都笑了。

他们沿着堤岸往码头走。路上都是碧树，高的是樟树，矮的是桂花，还有香泡树，树上挂满香泡。树上各种各样的鸟在飞蹿、鸣叫，令人心旷神怡。

黄莺说：“岛上环境确实是好哦！”

李曼说：“我说过嘛，杭州的美就是要慢慢体验、慢慢品味的。”

他们走到湖边的一排高高的水杉树边。水杉的树梢上停满了肥硕的鸬鹚。鸬鹚呷呷叫着，一边拉着屎，水杉下的翠竹、小树叶子上都是白色的屎。

邹辉走近去看，不想衣服被掉下的鸟屎打中。

程锋说：“中彩了！马上可以找到老婆。”

刘香说：“谁跟你一样，一天到晚就知道找老婆！”

他们说笑着重新坐上船，在平湖秋月上岸，走到楼外楼用餐。

在楼外楼二楼一个临窗的桌上，他们几个围桌而坐。杭州名菜一道道地上来，西湖醋鱼、龙井虾仁、东坡肉、叫花鸡、宋嫂鱼羹、蟹汁鳜鱼、干炸响铃、西湖莼菜汤……桌上还有酸奶、果汁等饮料。

大家一起举杯。程锋说:“为老朋友十三年相聚干杯!”

罗凯说:“同学友谊万岁!干!”

大家一饮而尽。

二十四　野餐

10 月初，曲院风荷高大的水杉林里，树叶已经枯黄。林下铺着不少掉落的黄叶，像是给地盖了一层叶绒被。树林边，秋湖澄澈，风光旖旎。

在烧烤区，插着一面旗帜，上书“钱江电视机厂四车间团支部”。四车间的二十几个年轻人在这里进行烧烤活动。邹辉和赵春对面相错在烤东西吃。赵春的炉前冒着烟，火旺不起来。邹辉过来，帮她用力扇了一会儿，火旺了。

赵春说：“谢谢邹师傅。”

邹辉说：“那么客气干什么，小赵。”

邹辉将串好的豆腐干放在火上烤。

赵春说：“人家都烤羊肉串，你烤豆腐干哪！”

邹辉说：“我就喜欢吃这个，这是从小形成的印记。小时候，家里没菜吃，有豆腐吃，就是美味了。有一次，我早起排了很长的队，终于买到了豆腐。晚上爸爸下班回家，看到妈妈在烧豆腐，高兴地说：‘今天晚上有好吃的了。’还有一次，我和弟弟老早起来去买豆腐。天还没亮，走在路上窸窸窣窣的，以为有鬼哩，一看，是脚上拖了根绳子在走，赶紧把绳子拿掉。走到菜场，已经有很多人排在前面了。等豆腐到了，大人们一挤，我和弟弟又没买到。有个好心的邻居，半夜十二点钟就去排队，买回来一大堆，分给左右邻居。”

赵春说：“你说的是很久以前的事吧！”

邹辉说：“大概1974年、1975年的样子，那时候‘四人帮’搞批林批孔，工厂生产都乱了。有一阵，煤球都买不到。”

赵春说：“豆腐在我们山区也是好东西。八十年代，我们走亲戚还带几块豆腐哩。”

邹辉开始吃烤好的豆腐，他拿了一串给赵春。

邹辉说：“你知道我最喜欢吃的是哪几样东西？”

赵春说：“不知道。”

“我告诉你吧！”邹辉有点得意地说，“豆腐、花生米和油渣。”

赵春说：“花生米我一般性，不过油渣现在我们乡下也不太吃耶！”

邹辉说：“我就是养成了这样的习惯。以前，周总理最喜欢吃的也是花生米，他老人家还把花生米当夜宵，三年困难时期花生米都不舍得吃。”

赵春说：“我在小学课本里也看到过。”

这时，团支书刘大姐从旁边走过，她说：“邹辉，你们两个人在谈什么呢？这么投机！”

赵春笑着说：“在谈吃的呢！邹辉说他最喜欢吃豆腐干。”

刘大姐说：“七十年代，小笼包刚出来的时候，大家都喜欢吃，有的人一口气可以吃五六笼。七十年代末，沙琪玛出来了，大家又觉得沙琪玛好吃得不得了。现在最受大家欢迎的是开心果。大家对食品的喜爱总是随着生活水平的提高而改变。不过，小时候留下的印象可能一辈子也不会改变。好了，你们聊，我还有事。”

刘大姐说完走过去了。

大家放包的桌子上，录音机里放着张学友的《祝福》：

朋友　我永远祝福你
朋友　我永远祝福你
啊
朋友　我永远祝福你
不要问　不要说

一切尽在不言中

这一刻 偎着烛光

让我们静静地度过

……

歌声温暖、舒缓。

邹辉说："这个歌很好听哦！"

赵春说："嗯。邹师傅你有张学友的磁带不？有的话，借给我听听。"

邹辉说："有，我那里什么磁带都有，不但有张学友，还有刘德华、黎明、郭富城。还有女四大天王，叶倩文、孟庭苇、陈明真、林忆莲的磁带。你喜欢，我都可以给你带来。"

赵春说："你怎么会有这么多磁带呢？"

邹辉说："我一个人，没事就只能听磁带。这么多年，都是流行歌曲陪我度过。"

赵春说："我也喜欢听流行歌曲。像我们在外打工的，父母远在老家，没事我们都是听歌，或者看电视。"

赵春递过来一串羊肉串，说："给你吃一串。"

两个人吃着羊肉串。赵春说："听说，杭州的钱江潮很好看耶。"

邹辉说：“过两天就有，在七堡那里比较好看。你要不要去？要去，我带你一起去看！”

赵春说：“去！过两天，你来叫我。”

邹辉说：“好，一言为定。”

二十五　观潮

邹辉和赵春一前一后骑着自行车，从杭海路沿江堤朝七堡骑去。

路上没有风，只是泥土路时不时有些坎坷。不好骑的地方，邹辉就停一下，等等赵春。

赵春虽说个子小一点，身体却不赖，毕竟是山区长大的嘛！她的骑车速度并不输给邹辉。赵春是高中毕业后从千岛湖来到电视机厂做合同工的。对于城市生活，她是向往而又多少有些畏惧的，在单位里，她什么工作都认真去做，也力求做得很好。即使这样，有时候她还担心别人会责怪她。工作中，邹辉有时会帮帮她，和她聊聊天。她对他不知为什么有一种哥哥般的信赖。今天，邹辉带她去看潮，她感到兴奋又快乐。昨晚一个晚上没睡好，今天骑车还特别有劲，边骑边唱着陈明真的歌《我用自己的方式爱你》：

我用自己的方式悄悄地爱你
你是否为我的付出表示在意
我用这样的执着优柔地对你
你是否为我的期待满怀歉意
喔　音乐缓缓响起
听见自己说爱你
喔　摇摆梦的旋律
幻想拥有你的甜蜜
……

邹辉在前面骑着，不时回头看赵春，听她唱歌。自从部队退伍后，他就分到这个工厂上班。也许是自己不够精明，看上去有些木讷，好几次感情，都是来不及开始就匆匆结束，在他的心中总有一种沉郁的底色挥之不去。认识赵春以后，好像跟她挺谈得来的，心情也好了很多，隐隐约约还有一种企盼。他有力地蹬着自行车，心里甚至有一种英雄护美的感觉。他不禁唱出压在心底很久的歌《跟着感觉走》，多年来郁积在心中的阴霾似乎也一扫而空。他唱道：

跟着感觉走
紧抓住梦的手
脚步越来越轻越来越快活
尽情挥洒自己的笑容
爱情会在任何地方留我

跟着感觉走
紧抓住梦的手
蓝天越来越近越来越温柔
心情就像风一样自由
突然发现一个完全不同的我

跟着感觉走
让它带着我
希望就在不远处等着我

跟着感觉走
让它带着我
梦想的事哪里都会有
……

他俩差不多骑了两个小时，终于到了目的地。把自行车停好，他俩就站在堤岸上等潮水过了。他们身边的人越来越多，一些人挤来挤去。邹辉拉着赵春的手，不时照顾她。他俩，还有看潮的人，都翘首看着前方的潮水。

“潮水来了！”有人叫。

他俩朝前看，一条横跨江面的白线自天际而来，快速飞奔到面前，好像玉城雪岭从天而降，潮落时发出雷鸣般轰响。一排浪紧接一排浪，一惊雷连着一惊雷，吞天沃日，惊心动魄。身边的人叫着，喊着，邹辉一只手抱着赵春，一只手紧攥着赵春。

潮水终于过去了。赵春放下踮起的脚，发现手和邹辉的紧紧拉在一起，她看了一下邹辉，脸红了，然后羞涩地笑了。

看完潮，两人愉快地往回骑。虽然，来时骑了那么久，又站了那么久，但两人好像都不觉得累。他俩说笑，或者唱歌，轻悠悠不到两小时就回来了。他们先到了邹辉宿舍。

邹辉对赵春说：“上去坐一下吧！”

“好！”赵春跟了上来。

邹辉的宿舍是一间10平方米的房子，中间一张床，床边放着一张桌子、一张凳子。桌子上有一排书和一只录音机。地上有一个电炉、一个热水瓶。

“坐！”邹辉把凳子移到赵春面前。

“听歌吧！”邹辉按了一下录音机的按键，同时给赵春倒了杯水，两人默默听歌。机子里放出李子恒作词作曲、苏芮唱的《牵手》：

因为爱着你的爱
因为梦着你的梦
所以悲伤着你的悲伤
幸福着你的幸福
因为路过你的路
因为苦过你的苦
所以快乐着你的快乐
追逐着你的追逐
因为誓言不敢听
因为承诺不敢信
所以放心着你的沉默
去说服明天的命运
没有风雨躲得过
没有坎坷不必走
所以安心地牵你的手
不去想该不该回头

也许牵了手的手
前生不一定好走
也许有了伴的路
今生还要更忙碌
所以牵了手的手
来生还要一起走
所以有了伴的路
没有岁月可回头
……

邹辉说："这个歌的歌词写得好哦！我就想找一个这样的人。你呢？"

赵春说："我也是。"

邹辉看着赵春脖子下露出的锁骨，还有高耸的胸脯，突然抱住赵春，把赵春放到床上，然后吻着她……

二十六　灵峰探梅

1994 年的早春，春节过后，灵峰山上的梅花已经开了。报纸上不断有灵峰探梅的报道。

2 月 14 日情人节，邹辉和赵春骑车来植物园赏梅。他们从北门进去，先到玉泉鱼跃观鱼。

长方形的大鱼池内，有上百条大青鱼、鲤鱼和包头鱼。青鱼大的有一米多长，它们像小潜艇一样在水中缓缓游弋。鲤鱼有红、黄、白和斑杂色，个儿较小，穿游在大青鱼之间，五彩灵动。还有几条包头鱼，也在水中游动、嬉戏。

邹辉和赵春靠在进口这边的栏杆上观鱼。邹辉从背包里拿出大面包，他掰了一半给赵春，两人开始慢慢喂鱼。鱼闻到食物的味道都游过来了，它们纷纷张嘴噏食。对面茶室那边，也有一对新人在喂鱼。那一对新人不断抛食，他们那边的鱼似乎较多。

邹辉对赵春说："我们喂得慢一点。"

他们把面包掰得小小的，一点一点地抛下去，鱼少了一些，但还是在旁边噏食。对面的新人鱼食一下子抛完了。邹辉继续慢慢地抛面包，对面的很多鱼都朝这边游过来，整池的鱼都向他们面前游过来。

邹辉说："你看，不怕你多，你快，关键是要坚持得久。现在他们没有了，我们还有，鱼都到我们这边来了。"

赵春说："看把你美的！"

出了玉泉池，他俩上了玉泉山，山上还有残雪，有的石阶上还有雪痕。在险要的地方，邹辉拉着赵春走。路旁有一些零星的红梅，梅花已经开了，释放出一股沁脾的馨香。翻过山，他俩到了灵峰。

早春的灵峰山上，草地还是金黄的。草地上、山野上，铺展着数千棵红梅、白梅，真是壮观啊！梅花还没有全开，有的树上开得多一些，有的树上花苞多一些，空气中弥漫着一股冷冷的清香。

他俩在草坪间赏梅，又走进品梅苑，这里有几十株绿萼梅特别清香。他们往上走，又看了"灵峰探梅"、笼月楼、洗钵池和掬月亭。邹辉很喜欢掬月亭的一副对联，他念道："莫对青山谈世事；此间风物属诗人。"

他俩走下来，选了一棵开得较盛的梅花树边坐下来，在草地上铺上塑料布，把吃的都摆出来，然后背靠背坐着。

“这是你爱吃的乌梅、橄榄。”邹辉把东西拿给赵春。

“我也给你带了好吃的，当当当当——老爸豆腐干。”赵春笑着说。

“谢谢！”邹辉说。

赵春说：“别客气。欸，这次春节到我家，我爸妈对你很满意耶！他们说你憨厚老实，靠得住。”

邹辉笑呵呵地说：“真的啊！”

“真的！我爸还问我们什么时候结婚,他说最好在国庆节。”

邹辉说：“好啊！我这个光棍也可以脱棍了。”

早春的阳光暖暖地照在他们的身上、脸上，也照着旁边赏梅、休闲的人们……

从植物园北门出来，他俩又转到竹林区。一条溪水在竹林中间穿梭而过，一座小石桥连接着两岸。桥下湍急的水流跳跃而下，激起一阵阵白色的水花。两边都是秀丽的竹林，他俩在溪边的小路上走着，路边有两对拍婚纱照的新郎新娘。

赵春说：“哇！这里是世外桃源。下次，我们也到这里拍婚纱照吧！”

邹辉说：“好啊，不过你不要跟别人拍哟！”

赵春说：“神经病，你在说什么呀！”

二十七　南高峰

上午八点，罗凯仍躺在床上不愿起床。已经是第二次没评上副教授了，凭论文、上课获奖，他早就能评上。可在知识分子的江湖里，并不是靠论文、上课这种硬功夫就行的，还有极其复杂的人事关系。罗凯知道他得罪了系主任兼总支书记王村旦。那是一次系科研方向讨论会上，王村旦提出科研要紧跟热点，做跟踪式的科研，蹭热度，提高学校和系的知名度。罗凯站出来，表达了不同的意见。他说每个人还是要根据自身的特点和兴趣，深耕自己的领域，不论成绩大小，作出一点独特的贡献。跟踪式科研能蹭热度，但科研价值不大。罗凯的观点得到大多数老师拥护和赞同。王村旦觉得自己的话没人听，被驳了面子，所以怀恨在心。一到评职称，王村旦就在评委中活动，让大家都不要评罗凯。

罗凯躺在床上，感到无奈和绝望。起来，起来又干什么呢?

备课，课已经上过十几遍了，早就滚瓜烂熟。写论文，王村旦挡路，论文再多也没有用。

还是起床，去爬山，让大自然疗愈自己吧！

罗凯起床洗漱后，出了宿舍。他跨上自行车，沿着曙光路向景区骑去。初冬，行道树上的法国梧桐叶子都掉干净了，不时有汽车、行人迎面飘过。罗凯思绪好像凝固一样，什么都不想，一路往前骑。他骑过龙井路，进入三台山路，将车停在三台山停车场。他沿着法相巷上南高峰。向前走了几十步，他站到了法相古樟前面。这棵古樟树是唐朝时栽种的，已有一千多年。树分叉成前后两主干，近处的主干已经干枯，而边上的主干又分出五六个分枝，上面枝叶繁茂，生机勃勃。旁边的山茶花在冬天依然绽放着美丽的花朵，有蜜蜂在上面嗡嗡飞着。

罗凯心想："老樟树啊！你的年龄真长啊！你可能见过白居易、苏东坡，可能见过岳飞、牛皋、赵构、秦桧，可能见过于谦、张苍水、康熙、乾隆，还可能见过鲁迅、郁达夫、弘一法师。如今，这些人都已作古，而你依然生机盎然。与你同时代的树也绝不止你这一棵，你一定比其他的树更想活，比其他树的根伸得更长、更深，你才能活下来，你是真正的树坚强。你能活一千年，我为什么就过不了这一关？"他情不自禁地握了握拳头。

他迈动脚步，过镜梦阁、听泉、留余山居，沿着石阶往上走。

一边是石壁，另一边长着低矮的吉祥草和半高的无花果树。再向上，两边是密密的箬竹，右边竹丛里隐约能听到滴水声。往上走，眼前出现一个亭子，上面写着流观台。亭边有一水潭。

罗凯走到水潭边。潭水清澈，前面的石砥上有水哗哗流下，发出叮叮咚咚的声音，溪水上面都盖着浓浓的箬竹叶。

罗凯洗了洗手，心也像被洗濯了一样。

罗凯重新上路。石阶上掉有许多麻栎果和苦槠树叶。罗凯踩着树叶，忽然想起那首一再鼓舞激励过他的程琳唱过的《明星》(侯德健作词作曲)。他轻轻哼了起来：

每当我抬起头
总是看见你
哦　美丽明亮的星星
可是你可曾看见过我
可是你可曾看见过我

有一天能不能
我和你一样
高高地挂在天上
能不能有一天

我和你一样
一样美丽一样明亮

忍受过千万年高寒最冻的孤独
你温暖我昨日风雨难耐的寂寞
穿梭过千万里无边无际的黑暗
你点燃我心底奄奄一息的希望

每当我抬起头
总是看见你
哦　美丽明亮的星星
可是你是否看见过我
可是你可曾看见过我

你的冰一样的脸孔
闪烁着钢和铁的心情
你的水一样的眼神
流露出悲与欢的故事
你的梦一样的答案
猜破了血和泪的谜语

我的雪一样的软弱
禁不住犹豫化成了水
却更要学你一样
结成永不融化的冰
哦　美丽明亮的星星
……

他走过血园陵，来到坡顶上。右手边几株高大的金钱松，树叶镀成了赤褐色，左手几棵银杏树，树叶已经大部分掉了，一地的黄金银杏叶。山坡上的茶树正开着白花。罗凯回头看西湖。苍茫茫的西湖水铺在远处，苏堤和杨公堤像两条长廊一前一后横在那里，船像一个个小岛，似动不动。

罗凯想：太美了！生活在这样美丽的地方，自己的作为一定不能辜负这一片好山水。职称两次评不上有什么关系？只要心不屈服，只要自己努力了，自己该做的都做了，问心无愧，就俯仰无愧于天了。

罗凯继续上山。跨过南高峰石牌坊，走过亭台，罗凯在峰顶的石堆上坐下。悬崖边的油麻藤依然葱绿，石丛里长出翠绿的竹叶。南面可以看到钱塘江，山下是成片的茶园，以及青瓦粉墙的民居群落。罗凯仰躺在石头上。

长在石头边的无患子树的树枝伸在自己的头顶，树叶已经黄了。左手边几棵榔榆树，树叶也都黄了。白脸山雀叽叽叫着。太阳从云中露出脸来，天空的蓝色也增添了几分。罗凯闭上眼睛，渐渐进入梦乡。忽然，他的脑海里闪出《失乐园》撒旦的形象，撒旦在挑战上帝失败后，手握双拳叫喊：

“战场上失利怕什么？这不屈的意志、狂热的复仇之心、不息的憎恶，以及永不退让、永不言败的勇气都不曾消失，还有什么比这些更加难以战胜的呢？”

罗凯忽然惊醒，他喃喃地说：“永不退让、永不言败的勇气都不曾消失，还有什么比这些更加难以战胜的呢？

“报复王村旦，跟他斗到底。不，还是考博士离开这里，离开这群烂人吧，到新的天地去，认识新的人、新的世界吧！”

下山的时候，他唱起了刘欢的《从头再来》：

……

为了我挚爱的亲人

再苦再难，也要坚强

只为那些期待眼神

心若在梦就在

天地之间还有真爱

看成败人生豪迈

只不过是从头再来

……

二十八　修车

杭州少年宫广场。一个骑车的小伙子车胎被轧破了，手推着车，眼睛四面张望，寻找着修车的地方。突然，发现前面有一个人摆了副简单的工具在帮人修车，赶紧把车推过来。

吴凡刚把前面那辆自行车修好，替顾客打足气，让顾客推走了。

小伙子说：“师傅，帮我修一下。”

吴凡说：“车胎破了吧，我帮你补一下。”

吴凡把内胎剥出来，打足气，放到装了水的脸盆里，找到破洞，然后挫磨了几下，贴上补胎胶片。他再把内胎装回去，打足气。

吴凡说：“好了！拿去吧！”

小伙子说：“多少钱？”

“不要钱！”吴凡指了指木牌上的几个字：“义务免费修车。”

小伙子说："师傅，你真是太好了！像你这样的活雷锋现在是打着灯笼也难找。"

吴凡说："我在这里修了十几年，每个星期六晚上七点到十点都来这里。我就是要让外地人和杭州人都知道，杭州是一个温暖的城市，这个城市有很多热心人都愿意帮助别人。大家都互相帮助，社会才有人情味，才会美好。"

小伙子说："谢谢！谢谢！杭州确实是个温暖的城市。我旅游回去后一定要跟我当地的朋友宣传，让他们都来杭州玩。大哥，谢谢啊！"

吴凡说："不客气！"

又有一个人推车来修。吴凡说："把车放下，我帮你修。"

吴凡有条不紊地做着，神态自若，手上是累的，心里却感到满足和充实。

和黄莺结婚后，吴凡觉得一切都很满足，自己工作顺利，爱情可以说是完美，因此总想通过某种方式来回报社会。有一次自己自行车胎破了，很长一段路都没有修车摊。回去后他想，自己喜欢动手，会修自行车，何不摆一个义务修自行车摊来回报社会。少年宫广场是西湖边的一个中心，所以，吴凡把临时摊位放在这里。他每个星期六都来这里义务修自行车，每次都会有车突然坏了的人来找他修理。他在这里为大家服务，也在这里传递杭州的温暖，最重要的是，每当给别人修好了车后，他都会因为帮助了别人而感到开心和舒坦，这种愉快和满足是钱换不来的。

二十九　运河旅馆

拱宸桥是京杭大运河南端的标志。该桥始建于明朝崇祯四年（1631），为三孔驼峰薄拱薄墩联孔石拱桥，全长98米。这是桥东和桥西人的一个必经之处，夏日也是附近居民纳凉休息的地方。

拱宸桥边，一栋民房上写着“运河旅馆”。这是程锋和刘香开的民宿。

放弃在商场里卖鞋，改作民宿，一是因为电商兴起，鞋的销售额越来越少；二是因为他们家出了一场车祸。为了进到正品，为了省钱，刘香让自己弟弟去帮助进货。却不料在一次进货途中，弟弟的车头被一辆失控的大货车撞扁了。弟弟丢了性命。弟弟跟刘香在四兄妹中关系最好。弟弟去世，刘香哭了几天几夜。她悲伤得卖不下去了。他们停了生意，休息了好一阵。经过一番考察，他们选择在运河边开了这家民宿。

今天，刘香在接待台上翻了翻住宿登记本，上面每个房间都填满了旅客的姓名，脸上笑开了花。她把收钱铁盒拿进自己的住房，程锋正在看电视。

刘香说："程锋，你猜今天收了多少钱？"

程锋说："住满了不？"

刘香说："住满了。平时一百块钱一天都住不满，五一假期两百块钱还住得满满的。今天一下收了八千多块钱，因为还有加床的。"

程锋说："五一假期有七天，这么说，光这个假日我们就能赚差不多五万块钱。"

刘香说："国庆假期也是七天，又有五万块好赚，一年下来赚三十万块钱没问题。"

程锋说："还是我英明吧。原来卖皮鞋一年可以赚三四十万，后来一年只有十几万，再后来一年只有几万块好赚。我就下决心关了皮鞋店，开旅馆。你看，又赚了吧！"

刘香说："傻子啊，我弟弟'赔'进去了啊！就知道赚钱。不过，你脑瓜子确实好用，赚钱是把好手，跟着你吃穿不愁。"

程锋说："这就说对了，没嫁错人吧。我那几个老同学，邹辉一个月只有千把块钱，吴凡两千多块，罗凯博士毕业，工资高一点吧！"

刘香说："有人说，罗凯工资好高。"

程锋说："工资再高，也没有天天数钱开心。你说你数钱的时候多高兴！"

刘香笑得嘴都合不拢，说："你说得是，可能天下最开心的，就是关起门来数钱。"

程锋说："儿子在干吗？"

刘香说："在做作业。"

程锋说："你管着他点，马上就要高中毕业了，不要让他玩游戏。晚上给他做点好吃的。"

刘香说："菜买了吗？"

程锋说："买了甲鱼、虾、肉、春笋。"

刘香说："好，我去做。"

女人是慕强的，在她们的深层意识里，年轻时嫁给他了，就一辈子认定他了，刘香就是这样的。

刘香说着进厨房了，程锋继续看电视。

三十　西湖南线

2006 年 10 月，西湖南线整合工程已经竣工几年了，邹辉他们一家三口乘坐公交车到西湖南线景区游玩。公交车视频里正播放着应豪作词作曲、西湖明珠电视台制作的《梦想天堂》：

我们的家住在天堂
碧绿的湖水荡漾着美丽的梦想
我们的家住在天堂
美丽的梦想期盼明珠耀眼在东方

你把你的名字写在云的脸上
让所有的远方看见你的模样
你把你的春天挂满每一个脸庞
让远来的翅膀不想家

你把你的曾经刻在日月的中央
让成长的天使懂得洁白的主张
你把你的未来放在我们的肩上
让友爱的心门不再关上
城市里的每一棵树他们都知道
每一片绿色是你的阳光
城市里的每一条路他们都知道
有了爱理想不再是希望

我们的家住在天堂
碧绿的湖水荡漾着美丽的梦想
我们的家住在天堂
美丽的梦想期盼明珠耀眼在东方

视频里一群女孩子边唱边做着优美的手势。

邹辉说："十几年前我们同学聚会的时候，吴凡的老婆黄莺说杭州没有市歌，现在总算有了一首好听的市歌。"

"真好听！"十岁的女儿邹兰一边说，一边学着视频里女孩子的手势。

他们在长桥站下了车。

邹兰一蹦一跳地走在双投桥上，她看到脚下的石板上刻有蝴蝶图案，就问："妈妈，桥上面怎么刻着蝴蝶呀？"

赵春说："因为双投桥又叫长桥，就是梁山伯与祝英台十八相送的地方，梁祝传说中有双双化蝶的情节呀！"

邹兰又好奇地问："那为什么叫双投桥呢？"

赵春说："相传南宋的时候，有一男一女两个人，男的叫王宣教，女的叫陶师儿，他们两个想在一起过家家，但是陶师儿的妈妈反对。他们两个就在八月中秋之夜双双投入桥下而死，第二天就开出了两朵玉芙蓉。后来，人们为纪念他俩就建了这座双投桥。"

邹兰说："人死了真能变蝴蝶和玉芙蓉吗？"

邹辉说："当然不能喽，这只不过是大家的美好愿望。"

他们三个边走边聊，穿过柳浪闻莺公园，不知不觉走到涌金池的小桥上。看到水中浮着一头金牛，邹兰又问："妈妈，怎么湖里有金牛呀？"

赵春说："我说不好，叫你爸爸说。"

邹辉说："相传在汉代，西湖底下住着一头金牛。每当湖水干涸时，金牛就从湖底出现，张口吐水。湖水就满了，老百姓就有水喝了，还可以灌溉农田。

"当时的县官听说这事，就想把金牛抓去献给皇上，自己好升官发财。他逼着老百姓把西湖水抽干。水干了，金牛果然出现了。他和官员就下湖来抓金牛。这时候，金牛大怒，张口吐水，把县官和他的手下都淹死了。

“从此，西湖水再也没有干涸过，但金牛再也不出现了。所以啊，西湖又被称为金牛湖。”

邹兰说：“县官真是个大坏蛋，死得活该。”

从涌金池出来，走得饿了，他们便一路走到了河坊街。

在一家小店门口，邹兰叫道：“吴山酥油饼！”

赵春说：“买几个吧！”

“好！”邹辉转向店家说，“买三个酥油饼。”

他们一人拿一个，边走边吃。

邹辉说：“以前小时候，觉得吴山酥油饼比什么都好吃，一口气就能吃几个，现在最多只能吃一个。”

赵春说：“以前肚子里没油水嘛。”

邹辉说：“兰兰，你喜不喜欢吃？”

邹兰说：“喜欢！不过我更喜欢吃麦当劳。”

邹辉说：“等一下给你买。”

邹兰拉着妈妈在中间一个木亭前站住了。

邹兰说：“妈妈，这个绒毛猫好可爱啊！我想要。”

“那就买一个吧！”邹辉说。他付了二十元钱给摊主。邹兰拿着绒毛猫，乐得合不拢小嘴巴。

他们从十五奎巷上了吴山，来到十二生肖石旁。

邹辉说："这块大石头上有十二种生肖，兰兰你去找找看。"

邹兰说："我看不出哇！"

赵春说："那里有说明牌，你对着说明牌看。"

邹兰走到说明牌边看了一下，然后走到石堆上去找十二生肖。

邹辉和赵春坐在一块石头上商量着事。

邹辉说："厂里效益越来越差，可能还要裁人。我想我还是提前出来，做点生意，免得被人赶走，饭也没得吃。"

赵春说："我看也是，我支持你！"

邹辉说："我看中了东山弄菜场后面一个店，那个老板说转让费要十万块钱。"

赵春说："那个位置不错，那里住的都是区政府、市政府的工作人员和浙大老师，附近学生也多。十万就十万吧，我们把积蓄都拿出来，不够还可以找别人借一点。"

邹辉说："我已经准备好了，我想我们就做面吧。我有一次路过一家店，发现这家店做的牛肉很好吃，我已经把秘方买下来了。我们就卖卤牛肉，还有牛肉面。牛肉和牛肉面生意还可以互相带动。"

赵春说："这个主意好。你反正也喜欢研究吃的，吃又是刚需，每个人都必需的，我相信你能做好。"

邹辉说："我这个人不会拍马屁，其实我早就想做一家自己的小企业，按自己的心思来做事，这次下决心试一试。"

赵春说："只许成功，不许失败。否则，我们兰兰买衣服都没有钱了。"

邹辉说："尽量努力吧！"

邹兰从石堆上走过来，说："妈妈，十二生肖我都找到了。"

邹辉说："你真能干！我们下山去吃麦当劳吧！"

三十一　开业

招工广告已经贴出去几天，仍然没有一个电话打进来。邹辉有点急了。

这天是星期六，他一早骑车来到体育场路和延安路交界的杭州人才市场。他看到几个年轻人，就把打好的招聘广告给他们看，他们摇了摇头。他又看到几个女孩子在找工作，就给她们看广告，她们摇了摇手。他还想走近给她们看。她们有点生气地说："不要过来。"

他走到一些招聘广告前看了看，又把自己的广告给年轻人看。一个三十岁左右的人告诉他，你要去航海路或者是白板桥上的劳动力市场去招人。

邹辉马上打的到白板桥的杭州市第二劳动力市场。他到的时候，刚好是中午，大家都休息了。他看到一个五十左右的人带着个麻袋在那里，就问："你是来找工作的吗？"

这个人是老王。老王刚刚结束一个工地上的活儿，他把所有的被子行李装在一个大麻袋里，来到了位于杭州市长乐新村的杭州市第二劳动力市场。他希望有一个顾主，能把他领走。否则，今天晚上他就要自己找旅馆睡觉了，又要花自己的钱，还真是有点心疼。他到的时候刚好是市场午休时间，左看右看都没看到有人来招工。

绝望的时候，他看到有个中年人走来了。

老王说："招工吗？"

邹辉说："是的。"

老刘说："多少钱一个月？"

邹辉说："三千元。"

老王喜出望外，然后说："有休息吗？"

邹辉说："可以有，我们商量着办。"

老刘说："我跟你去看看。"

邹辉说："好！"

这时候，又走来一个小伙子。他看到他们两人在谈，就问："你那里还要人吗？"

邹辉："要！"

老刘说："我们一起去看看。"

邹辉打的带上他们两个人，来到杭州市东山弄菜场后的店面。正是中午时间，邹辉在东山弄新丰小吃买了十个肉包，十元钱。他给他们两人一人四个，自己吃两个。吃后，他们把合同议了一下。合同的内容是：

一、每个月工资 3000 元，工作时间 8：00—20：00。

二、每周休息一天，不休息当加班，一天工资 100 元。

三、吃住由店里提供，住房水电费自理。

四、如果离职，需要提前 7 天告知店里。

议后，他们都没有异议。邹辉就带他们去打印。打印出来后，给他们看了。他们说没问题，就让他们签字。一式两份。然后，又到青芝坞租了房子。房子是 1000 元一间，要缴三个月房租再加一个月押金。邹辉缴了 4000 元，然后，把房子交给了老王他们住。那小伙子说，他回去整理一下东西明天搬过来住。第二天，邹辉又在东山弄家政招了一个三十多岁的女性当收银员，才把人基本招好。

杭州东山弄农贸市场后面，一个店的上方贴着黄底红字云纹边的招牌——“红楼面馆”。店的两面摆满了花篮。一串“噼噼啪啪”鞭炮后，门开了。

邹辉和赵春站在门口迎客。

邹辉说着：“欢迎，欢迎！”

陆续有客人进来。

“邹辉！”一个人叫他，旁边还有一位妇女和一个小伙子。

“是你们！进来坐，进来坐。”邹辉发现是吴凡夫妻和他们的孩子，赶紧让进了。赵春陪他们坐。邹辉则走到厨房安排。他让厨房把准备的菜和牛肉端上。

桌上摆了几个精致的菜，还有瓜子、花生，每人面前一杯茶。大家围桌叙谈。

邹辉说：“谢谢你们来捧场！”

吴凡说：“老同学嘛，一定要来的，我们把儿子小凡也带来了。”

邹辉问小凡：“高几了？”

吴小凡说：“高三。”

黄莺说：“明年6月就要高考了，他说看书看得头疼，我们就带他出来放松一下。”

邹辉说：“祝你考一个好大学。”

小凡腼腆地说：“谢谢叔叔。”

吴凡说：“我们那时候，一个班只有两三个人考上大学，现在一个班，百分之八九十都是大学生。大学是好考多了，不过要考一个重点大学还是比较难的。”

邹辉说：“要是那时候像现在这样，我们也都是大学生。不过，我们那时候大学包分配，现在大学生不包分配。”

黄莺说：“时代不同啊，不然，老吴也不会只是个电大大学生。欸，你怎么想到开面馆呢？”

邹辉说：“厂里效益太差，我想还是早点出来，等到别人赶我走，味道就差了。”

吴凡说：“请了几个人？”

邹辉说：“请了六个。有烧面的、炒饭的、烧牛肉的、收银的、洗碗的。”

黄莺说：“可以让赵春收银嘛。”

邹辉说：“她不喜欢干个体，还在单位上班。”

吴凡说：“不能把所有的鸡蛋都放在一个篮子里。赵春不来是对的。”

邹辉说：“我也不想开成夫妻店，那样人家一看就知道不正规。来！来！吃菜。”邹辉带头夹了一点菜。

吴凡说：“罗凯、程锋两个没叫哇！”

邹辉说：“我打过电话了。罗凯工作忙跑不开，程锋说开旅馆也跑不开。”

赵春说：“我也知道他们几个发小，以前经常爬到宝石山上，说你想哪个女同学我想哪个女同学，结果一个都没找到。”

说得大家都笑了。

邹辉问：“吴凡，你星期六晚上还在义务修自行车吗？”

吴凡说："是的！我觉得我没什么大本事，还讨了个大美女，我一定要为社会做点贡献，就摆了这个免费摊，现在已经快二十年了。"

黄莺说："还上过报哩，他们领导也经常表扬他。"

邹辉点头说："只要人人都献出一点爱，世界将会变成美好的人间。"

吴凡看了看旁边，位子没有坐满，就说："邹辉，你这个店位置还可以，就是不显眼，你要想办法做点广告。"

邹辉："我是想做广告，只是好像找不到什么理由。"

黄莺说："你的店名不是叫红楼面馆吗？《红楼梦》里刘姥姥不是吃了一道叫茄鲞的菜吗？这道菜，书里说得很好，但我还没在哪个餐馆里吃到过，你要是能把它搞出来，再叫记者宣传一下，生意肯定好！"

邹辉说："你这主意不错，我一定想办法搞出来。"

三十二　红楼面馆火了

杭州红楼面馆。

上午十一点左右，店里已经坐了不少人。一位姑娘站在收银台前看菜单，看到一行字忍不住哧哧笑了。姑娘说：“皇阿玛牛肉面是什么意思？”

收银员说：“就是牛肉比十里香多一点，吃起来有皇阿玛的感觉。”

姑娘问：“赛神仙呢？”

收银员说：“牛肉更多些，吃起来感觉自己像神仙。”

姑娘说：“有意思，我点一碗皇阿玛吧！”

姑娘拿了号，找位子坐下。

这时，一个拿话筒的美女记者小徐进来，后面还跟了个拿摄像机的小伙。

小徐记者问：“你们老板在吗？”

正在店里管理的邹辉走过来，说：“我就是。”

小徐说：“我是西湖电视台的记者，听说你们这里的牛肉面很好吃，还搞出了《红楼梦》里的名菜‘红楼茄鲞’，特地来采访你。”

邹辉真诚地说：“欢迎！欢迎！”

小徐在邹辉的对面坐下，邹辉叫服务员给记者和摄影师各倒了一杯碧绿的龙井茶。

小徐问：“邹老板，你为什么想到要开这样一家店呢？”

邹辉说：“以前，我到温州玩，在那里吃到的牛肉和牛肉面都很好吃。我就想把它引进到杭州，让生活在天堂里的杭州人也能吃到这么好的牛肉和牛肉面。最近，厂里效益不好，领导也鼓励我们自谋职业。我就下决心办了内退手续，把秘方买过来，开了这家牛肉面店。一是满足了自己的兴趣，我比较喜欢研究美食。二也给厂里减轻了负担，还给社会增加了就业机会，给杭州人提供了可口的美食。”

小徐说：“你是一举多得。你们店怎么做出了‘红楼茄鲞’这道菜呢？”

邹辉说：“我比较喜欢看《红楼梦》，你看，墙上贴的都是1987年版《红楼梦》电视剧里的剧照。我很喜欢刘姥姥这个角色，刘姥姥淳朴、善良、幽默、热心。刘姥姥吃茄子是比较搞笑的一幕，但刘姥姥吃的茄子还没有人做出来过，我就想把它研究出来。经过我们师傅的研究和实验，这道菜总算搞出来了，等一下可以让你尝一尝。”

记者说：“你能简单讲讲怎么做的吗？”

邹辉说：“这道菜从书上看也不难，但我们做的时候，还是费了一番功夫。主要是这么几步：一是先把茄子去皮，切成方丁，用鸡油炸到黄色沥出；二是把鲜鸡肉切方丁，配上香干、香菇、冬笋、腰果，一起炒好；三是两者加调料合成。平时不吃时，两者分别放在密封的坛子里。”

“谢谢你！”小徐说，“炒一盘给我们尝一下行吗？”

“可以，可以！”邹辉说，“项师傅，你给记者炒一盘。”

“好！”项师傅从厨房里探出头来。

小徐乘空采访正在进食的顾客：“你认为这里的面怎么样？”

那位顾客说：“原汁原味，汤清香醇厚，面筋道有咬劲，牛肉酥而不烂。一碗面下肚，胃也舒服，心也暖和。”

一位顾客说：“我是专门开车来吃的，一星期不吃一次，好像人都不舒服。”

一位顾客说：“这是我在杭州吃到的最好的牛肉面。”

一位买牛肉的大嫂说：“吃了这里的牛肉，其他地方的牛肉都不想吃了。”

一会儿，“红楼茄鲞”端上来了。小徐吃了几口，觉得很不错，她在镜头下向顾客作着介绍。

小徐和摄影师又拍了一些内容要走了。邹辉热情地把他们送出门，与他们挥手告别。

三十三　和美家庭

2015 年 10 月 10 日晚,吴凡的儿子吴小凡带着未婚妻晶晶,手里拿着一沓报纸,往家里走。吴小凡长得像爸爸,瘦瘦高高的。晶晶个子不高,一副小巧玲珑、活泼可爱的样子。

进入小区里,就听到收废品的有腔有调地吆喝着:“收购彩电、冰箱、洗衣机——旧电脑,收购彩电、冰箱、洗衣机——旧电脑……”

晶晶说:“这个声音蛮发靥。”

小凡说:“不管他,我们先回家。”他走到家门口,揿了一下门铃。黄莺开了门。

两个年轻人一坐下,小凡就问:“妈,《都市快报》登了新闻,要找 34 年前意大利记者马达罗在西湖边拍下的大眼睛姑娘,我看这个人有点像你,你看是不是?”

黄莺接过报纸仔细看了看:报纸的照片上,在西湖边茂盛的绿荫里坐着一对穿白衬衫的青年，男的背影瘦瘦的，一个大眼睛的女青年正回头一眸。黄莺说：“是我，是我，老吴，快来看，我们上《都市快报》新闻了。”

吴凡从厨房里走出来，凑到报纸前看了一下，又马上拿过报纸仔细看了看，说：“是我们，那时候你正在唱《军港之夜》，我说后面有个老外在拍照。”

晶晶说：“天下哪有这样巧的事啊！真是太神奇了，太神奇了！”小凡说：“我等一下打电话告诉《都市快报》。”

吴凡说：“生活在杭州是幸福的，杭州有西湖和大运河两个世界遗产。杭州西湖 2011 年才成功申报世界遗产，其实它早就应该是世界遗产了。你想，模仿它建造的北京颐和园早就成功申报了世界遗产，它还不是。主要是当时对西湖申报的定位不准确，开始申报自然遗产，人家说，像西湖这样的湖泊外国很多。后来定位为文化景观遗产，我们有西湖，我们还有苏东坡、白居易，以及其他许许多多人文元素，两者结合在一起，这是人家没有的。所以，很快就通过了。后来，大运河沿岸几个城市一起申报，也很快通过了。据说，杭州又准备申报良渚遗址为世界遗产，如果批了，到时候杭州就有三个世界遗产了。何况，杭州的山水跟城市相连在一起，我现在在公司里工作，中午休息，我们就可以爬山看西湖，你说世界上哪有这么好的城市。明年杭州还要开 G20 会议，杭州会越来越好。”

黄莺说：“老吴你是真懂，真会说，我们生活在杭州的确是幸福。”

晶晶说：“爸爸说得真好，我们杭州人真的很幸福，已经好几年被评为最具幸福感的城市。”

晶晶说：“爸，妈，听小凡说，你们是在公交车上认识的。”

黄莺说：“是哦，是哦，我们两个人每天坐 7 路车上班都要碰到，你爸爸看到我想要套近乎又不敢的样子真当发靥。”

吴凡说：“黄莺你就不要揭我的老底啰。晶晶，你说说你跟小凡是怎样认识的。”

小凡说：“我们两个是跑步认识的，我在移动光速跑团，她在教师绿叶跑团，跑着跑着就认识了。我们两个人说话比较投机，慢慢就走在一起了。爸，西溪翡翠园的房子装修得差不多了吧？”

吴凡说：“我昨天去看过了，已经完全搞好了。我们放一放，让甲醛多散发一些时间，元旦你们就可以搬进去住了。饭已经烧好了，我现在去把菜端出来。”

他们几个进去把四菜一汤放在了餐桌上，有东坡肉、吴山烤鸡、油焖鞭笋、炒小青菜和菠菜鱼丸汤。。

吴凡说：“我问你们一个问题，答对了就开饭。什么东西最

贵？什么东西最便宜？“

吴小凡说：“钻石最贵，水最便宜。”

晶晶说：“我觉得爱马仕包最贵，青菜最便宜。”

吴凡说：“嘴巴最贵，书最便宜。山珍海味茅台龙井，嘴巴一开就没有了。我 30 年前八毛钱买的《无线电应用手册》，现在还经常看。”

黄莺说：“你这个问题，各人各看法，没有标准答案。我们开饭吧！”

全家四个人围着饭桌，喜气洋洋地吃了起来。

三十四　年会结束以后

年会开过了，小伙伴的表演真的玩得好嗨啊！尤其是几个贵州籍的年轻人，戴上傩面具乱舞，尽情释放一年的疲惫与辛劳。大家都觉得新奇又好玩。丰盛的晚餐宴席也吃过了，有牛羊肉，有海鲜和龙虾，有新鲜诱人的蔬菜，还有各色制作精美的甜品。罗凯虽然比较节制地吃了一点，但喉咙里似乎还留着红烧羊肉的甜和龙虾的鲜。

照理大家该走了，但是公司的大楼里，还是一片灯火通明。大家都舍不得离开，都回到了公司的工位上，都愿意在这里多待一会儿。

罗凯从办公室的窗户伸出头上下看过去，公司大楼的各层依旧是灯火闪亮。罗凯心想：多好的员工啊！虽然公司给了大家岗位，给了大家较社会上更优越的工资，大家都那么努力，也没有亏待这份薪水。年会都开过了，大家都舍不得走，大家需要公司、依恋公司啊！员工本来就是公司的最大财富啊！公司虽然在社会与科技层面占据了一定的优势，可任何工作不都是依靠每一个员工来完成吗？

罗凯从西安交大博士毕业后，就来到杭州滨江的这家公司。开始，他担任公司研发部主任，在这位子上一干就是七八年。后来因为一项公众即时沟通技术的重大成果，他被董事会任命为总裁，从此走上高层管理岗位。无论位子怎么变，技术出身的他本质都不会变，对每一个员工的尊重不会变。

那个大众即时沟通项目，也是团队几个月打地铺，反复测试、修改，并且经过几次重大改动才完成的。自己是组织者，也是关键技术的把关者，可也离不开部门每个员工的努力。项目完成交给公司后，公司给了自己很大一部分股份。这些股份，自己只留了20%，其余的都分给团队的工作人员。因为自己苦过穷过，所以，他不愿意自己富别人穷，他希望大家都能过上无忧无虑的日子。

现在社会上开始讲分层了。不过，在罗凯的心里，每个人都是平等的。不论是公司的董事长，还是打扫卫生间的大妈，罗凯都是一样的打心眼里尊重。因为他觉得自己是一个平凡的人，他尊重自己，也尊重每一个人。

他想起自己一路走来是多么不容易。在准备考博士的日子里，为了有更多时间学习，罗凯把学校分配的筒子楼的婚房用木板隔成两间，自己睡在外面一间，李曼和儿子睡在里面一间。他每天晚上用一盏台灯看书，就为了不影响他们母子休息。一个专题一个专题地准备，深夜饿了就泡方便面吃。每晚，他都要等到对面食堂的工人起来做早餐才入睡。

每天早上，李曼都会烧好粥、蒸好包子馒头才去上班。她知道丈夫考博辛苦，也十指连心般地心疼他。从大学同学到现在已经十几年。在大学见面的第一眼，看到他就眼前一亮，并且怦怦心跳。现在住在一个屋檐下，每天朝夕相见、耳鬓厮磨，早就融为一体了。

有一个晚上儿子发烧，李曼一整个晚上用凉毛巾敷着他的额头，罗凯也只好把书放到一边，两个人一起守着发烧的儿子。那天因为他还有课，天一亮是李曼带着儿子到儿保医院看病的。上完课，罗凯赶到医院，才知儿子得了肺炎，已经办了住院手续，正在挂盐水。中午，他帮他们买了午饭。他吃好饭，正陪着儿子。不料，系里又打来电话，说是下午要开会，他只好离开老婆孩子。他在医院、家里跑来跑去一星期，儿子才终于出院了。

三年博士，三年的拼搏、奋斗，三年的思念、牵挂。分隔在两地，特别关心天气预报。西安的天气都还无所谓，尤其关注杭州的天气。一到秋天，儿子东东就要咳嗽，他会给李曼寄去几盒罗力得，这是对付支原体感染咳嗽的特效药。他写信叮嘱：东东咳嗽了吗？如果咳嗽了，就给他吃罗力得，再加枇杷止咳膏。杭州下雨了，他会想：李曼，你带伞了吗？雨淋到裤脚了吗？杭州下雪了，他会想：李曼，雪花落在你身上了吗？你们母子冷吗？你们都多穿点哪！

这些铭心的思念，常常也会借着电话煲一顿，方能释放。

还有科研的工作，经常也是实验室里一个又一个的夜以继日。完成十几万字的论文，又是一场艰苦的战役。他常常会有写不下去的状态和痛苦。写不下去也只能放一放。这个时候，他就跟老婆儿子打打电话，跟其他的博士郊游、打卡美食，有时候还真的来了灵感。一年多的写作、打磨，才终于完成了博士论文的写作。

自己不容易，每个员工也不容易啊！

想到这里，罗凯拿起手机，拨通了董事长的电话："王董您好，员工们都舍不得走，大家都很依恋公司，我想再给每个员工加一万元年终奖，您看怎么样？"

王董事长说："这是您的职责权力，您想加就加好了。"

罗凯说："王董，谢谢支持呀！"

罗凯挂了电话，喝了口水，拨通了财务部长的电话，那头传来："罗总，有事吗？"

罗凯说："给每个员工再加一万元奖金。"

财务部长说："罗总，谢谢呀！我马上吩咐手下去办！"听到增加奖金，财务部长当然高兴了，但他又隐隐觉得作为一个总裁好像不应该这样感性、仁慈。

打完电话，罗凯喝起了他的普洱茶。他胃不好，所以喜欢喝普洱茶。他慢慢地喝着，想着公司的事，又想到李曼给自己做早餐的认真样子。

忽然，他发现办公室的门缝里有东西塞进来，是一张张的贺卡，而且越来越多。他走过去，拾起来看：

罗总：新年好！

谢谢您，我们会更努力的！

技术部李莉 2013年1月

罗总：新年好！

谢谢您！祝公司越来越好！

公关部张萍 2013年1月

罗总：新年好！

谢谢您！我们感受到了您的心意！我们会更努力的！

市场部黄丽 2013年1月

他激动地打开门，发现门口地上堆了一些鲜花。他往走廊上看，还有拿着贺卡、鲜花的小伙伴朝他办公室走来。

他招呼他们："来来来。"他们到了他面前，都是交了贺卡或鲜花就走。

罗凯的脸皮一阵阵发麻，太感动了。当自己真心地对待员工，而自己的心意又被大家即刻领会，这种心灵的交会让他的心中滚过一股股暖流。

"大家都早点回家休息啊！"罗凯对来送贺卡和鲜花的小伙伴说。

这时，电话响了，他看了一下来电，是李曼的。他接起来，听到说："喂，还没回来呀！"他回说："刚才有点事，现在回来了。"

大楼的灯火渐渐少了，罗凯把鲜花、贺卡拾起，整理好。他默默地又看了看礼物，心头一阵阵暖意，感到自己非常幸运和幸福。他拿起手提包，出了办公室，兴奋地开车驶向那个他和李曼的家。

三十五　相聚良渚古城

2019 年 11 月的一个星期六，罗凯、吴凡、邹辉、程锋和他们的妻子八个人相聚在良渚古城遗址公园。人到齐后，他们从南门进了公园，坐上了游览车。

游览车向前驶去。路两旁是金色的成片的水稻。水稻随风摇摆，似乎也在享受着秋天的阳光。车子继续向前，高大的芒草的花穗随风摇曳，花穗上吐着白色的花絮。游览车向前开，成片的硫华菊金灿灿地盛开着。硫华菊过后，是一片片的狗尾草。

他们在南城墙站下了车，跟着导游来到南城墙的平台。顺着导游的指向，他们看到对面泥墙上层次分明的墙面。导游说："这里是南城墙，城市南面的墙。城墙建在河的岸边，先在岸边堆上大量的石头，再在石头上夯筑泥墙。我们这个城址区总面积是631公顷，内城是280公顷，也就是城墙里面是280公顷。"

程锋问："一公顷等于多少亩？"

罗凯说："15 亩。"

程锋说："五千年前就有这么大的城啊！不可想象！"

黄莺说："你是没有到过秦始皇的兵马俑，你去过就知道古代人的厉害了。"

程锋说："秦始皇离现在两千多年哎！良渚离现在五千多年哎！"

导游、罗凯、吴凡、邹辉都笑了。

游览车继续向前开，他们在钟家港站下车，来参观居址和作坊展示区。

他们先来到衍纸作坊。作坊的工作人员给他们讲了造纸的方法。水中有沤了五六个月的打碎了的纸料。用模具把纸料捞上来，然后放在 10℃纸板上烘，一张纸就形成了。

罗凯说："中国的四大发明里，最厉害的就是造纸，每个地方每天都要用到。"

程锋说："最关键的是上厕所一定要用。"

刘香对着赵春的耳朵小声说："有一回，他拉肚子没带纸，都弄到裤子上了。"

程锋用拳头顶了一下刘香的腰。

吴凡说："你们俩在说什么？"

赵春说:“不告诉你!”

邹辉说:“我们都来造纸吧!”大家拿了模具接连在大水缸里捞了几下，然后把纸烘干。几名女士都做得比较好，赵春做得最好。男人做的纸稍微差一些，吴凡做得好一些。

出了纸作坊，他们看到有两个模拟人在用细绳锯玉。罗凯说:“古代人做玉是用很细很细的绳子来切割的吧。”

吴凡和黄莺说:“我们今天真是大开眼界呀!”

程锋和刘香马上说:“是的，是的!”

他们进入玉器作坊，里面展示了各种半成品的玉器。

吴凡说:“这个玉琮的图像真当发靥,头上戴着羽毛的帽子,下面部分有两个吓人的眼睛。罗凯，你是做学问的，帮我们解释解释。”

罗凯说:“我说说看，不一定全对。你们有没有看到在一些原始的少数民族，巫师都是戴着羽毛帽唱歌念经的，玉琮上的羽毛帽表示可以通天。这两只大眼睛可能是最早的饕餮图案，后来发展演变为成熟的饕餮纹，他们是用来祭祀的。”

邹辉问:“这些玉器的石料是不是附近山上的?”

年轻的女工作人员说:“良渚附近的山上没有这么好的石料。据有人研究，在江苏溧阳小梅岭发现了类似的石料。这些石料很有可能是从江苏溧阳小梅岭通过船运过来的。溧阳在湖州长兴过去一点，离良渚不是很远。”

罗凯说：“浙北、苏南都是水乡，以前甚至现在都有水路相连，用船运过来很正常。”

他们出了玉作坊。程锋突然叫道：“这里还有陀螺啊！大家快来看！我最喜欢打陀螺了。”

邹辉说：“陀螺的历史好长啊！那时候的小孩子就喜欢打。现在的小孩子也喜欢玩。”

罗凯说：“玩是小孩子的天性，也是人的天性。前几天我还看到一个老头子在打陀螺玩。”离开这里的时候，他们还看到一家人在吃饭。老爸在喝酒，两个儿子站着手捧陶碗吃饭，老妈抱着小孩喂饭。

他们在莫角山站下了车。他们走在莫角山的朝圣木板通道上。山坡上的芒草花都吐穗了，花絮被风吹着，好像马上就要飘走。而让草籽被风带到各个地方正是芒草妈妈的本心。在山顶不远的空中，飘着一长片白云。这里好像离天空很近。

李曼说：“这个地方真好，好像天就在我们的头上，这里是四周最高的地方，也是离天最近的地方。”

吴凡说：“国王真会选地方，给自己选最好的地方。”

程锋说：“人家有权啊，当然给自己选最好地方。胳膊肘肯定向里拐的。”他们来到大莫角山顶，顶上有一大块石头的房屋基址。

程锋说:“这个最中心的房子，肯定是国王住的。”

邹辉说:“这还用说，当时谁地位最高，谁住得最好。”在中心旁边，还有几个台基。

程锋说:“这个可能是大老婆住的，这个小一点的可能是小老婆住的。”

刘香说:“就你想象丰富，而且总是想美女！”

黄莺、赵春、李曼咯咯地笑。他们走到小莫角山上，山顶的一个台基上竖了十一根柱子。据台基前的说明碑介绍，这个房屋基址东西长 15.5 米，南北宽 9 米，建筑面积约 138 平方米。

罗凯说:“大莫角山是国王的住址，这个小莫角山有可能是贵族大臣的住宅。”

他们下了小莫角山，四周都是沙地广场。

吴凡说:“这个广场就是以前祭祀或者举行活动的地方。”

邹辉说:“古代的人也都喜欢热闹哇！”

程锋说:“谁都喜欢热闹哇，所以，以前的皇帝都住在城市的中心。我就不知道现在一些有钱的大佬为什么要把别墅买在老远老远的郊区。”

吴凡说:“这就叫装。”

他们又坐车来到反山站。他们走上反山王陵高台。他们看到12号墓说明牌介绍：这个墓址出土的玉器最多，有六百多件，等级最高。

程锋马上说："这个墓玉器最多，大概是国王吧！"

罗凯说："不是的，你看它旁边的墓碑，显示是王族成员，这些王族成员都是王的兄弟。"

吴凡已经走到对面的墓地。吴凡说："你们快来看，这个20号墓址才是国王呢！他的玉器第二多，但他陪葬了好多的玉钺。"

罗凯、程锋、邹辉也走过来了。李曼她们也走过来了。

李曼说："你看20号墓旁边都是女性。"

程锋说："对对，20号才是国王。旁边埋的都是大老婆、小老婆。"

刘香说："是王后和妃子。一天到晚不是老婆就是美女。"

程锋说："意思都是一样的。"

从反山王陵下来，他们走进了反山展示馆。吴凡指着墙上的一张图片说："这个陵玉器最多。"

罗凯说："这个就是20号王陵嘛！他身上的玉钺也最多，玉钺代表了军权和王权。"

程锋说："对对对！这下我不会搞错了。"

他们又参观了各种玉的图片介绍，有玉琮、玉璧、玉钺、玉璜、玉冠、玉三叉形器等。左边的墙壁上展示说：国王的墓有玉琮、玉璧、玉钺，贵族的墓有大量玉器，百姓的墓没玉。

他们又上了游览车。他们来到鹿苑，看了鹿苑旁边的池中寺粮仓。

在这里发现了有十万公斤碳化稻谷，妥妥的当时的国家粮仓。

程锋感叹道：“古代人确实了不起，有这么大的仓库，可以藏这么多谷子。邹辉如果那时候开店，可以到这里来进米。”

刘香说：“你也想象太丰富了，那时候是原始社会，米都是分的。那时候钱的概念都没有，哪里有人来上馆子。”

吴凡说：“良渚古国的人后来到哪里去了呢？”

罗凯说：“中国历史上很多的朝代不是都结束了吗？良渚人辉煌过，后来肯定也是被其他更厉害、更有朝气、更有生命力的王国代替了。他们曾经辉煌过，这就够了！谁也不能保证永远辉煌。”

邹辉说：“说得太好了，谁也不能保证永远辉煌。”

程锋说：“这就叫文化，罗凯不愧是博士、总裁！罗凯，你能把良渚古国的故事给我们大概讲一下吗？”

罗凯说：“我试着讲一下哈！五千年前，良渚城，四面水环绕，南面有座陆门。这个国家以玉闻名，他们做的玉很好，产玉石的地方都把玉运到他们这里。他们呢，用做好的玉器或者谷子与玉料商交换。国王和他的家族、大臣住在城市最高、最中心的大小莫角山上。莫角山下的广场就是他们祭祀、举行活动的地方。山下不远的钟家港是做玉料和陶器的地方，他们还做木陀螺。这个城的小孩子都喜欢打陀螺。国王和重要家族成员死后就埋在反山。谁的地位高、官大，谁陪葬的玉器就越多。玉琮代表神人相通，玉钺象征着军权和王权。12 号墓玉器最多，有最精美的“琮王”，它可能是老国王的墓。20 号墓玉器第二多，而且里面也有玉钺，他是现任国王。他旁边埋的是他的王后和妃子，她们也有很多的玉器。这个古国也传承了近千年，后来北方有更强大、更有生命力的部落兴起，他们就慢慢衰弱了。”

黄莺、赵春、刘香几人都说：“太有才了，罗博士这么一讲，我们今天看的也都装到心里去了，永远也不会忘！”

吴凡说：“我们生活在杭州真是幸福哇！在离城市这么近的地方，就有这么古朴原始的国家考古遗址公园！我们杭州有三个世界遗产，世界遗产数量国内最多的除了北京，就是我们杭州了。2022 年杭州还要开亚运会。”

黄莺、李曼、刘香都说：“来这里玩确实好放松，比疗养还要好。我们杭州人真当幸福！”

他们在鹿苑的林深见鹿餐厅点了快餐，每人一份汉堡一份饮料。男人们坐一桌，女人们坐一桌。

刘香说："你们有没有发现，我们父母一代兄弟姐妹都是六七个，我们这一代兄弟姐妹两三个，我们下一代都只有一个。"

罗凯说："我们赶上了改革开放高速发展的时代，享受了改革开放的红利，我们也有少儿少女的遗憾，这都是时代造成的，人都是时代的产物。"

吴凡说："还记得 30 年前我们爬宝石山时说过的话吧。程锋说他要当万元户，邹辉说要当兵，罗凯说他要上大学，我说要当一个工人。我们基本上都实现了目标。"

罗凯说："我们都把自己的本职工作做好了，可以说都了不起。我们生在杭州，长在杭州，工作在杭州，生活在杭州，歌于斯，哭于斯，我们把青春都献给了国家和杭州，我们对得起国家，对得起杭州，对得起自己。一代人有一代人的生活和追求，我们做了我们该做的能做的事。至于下一代人，他们有他们自己的生活和追求，我们可以提供一些帮助，主要还是他们自己的事。社会就是一代一代人用青春推动前进的。"

餐后，他们上车回南门，然后出了良渚古城遗址。这一趟，他们都感到收获满满。

太阳每天从西湖南面的九曜山升起，傍晚又从石人岭的方位落下去，钱塘江水日夜不停地流淌，西湖的景物四季不同地更换着颜色，生活不停地向前。2020 年春节前武汉爆发了新冠疫情，从此全国进入了三年抗疫斗争。防疫开放后，又遭遇经济复苏缓慢乏力的困境。我们的几位主人公也和大家一样面临相同的境遇，但他们对杭州这片土地的热爱不会变，对伟大祖国的热爱不会变，他们不会躺平，依然坚韧达观地工作、生活和探索着自己前行的道路。每个人的人生道路都不同，但只要你坚持不懈，总能找到适合自己的路径。